眠れる記憶

Souvenirs dormants

パトリック・モディアノ

Patrick Modiano

山﨑美穂＝訳

作品社

眠れる記憶

目次

眠れる記憶

ある日、河畔で、僕はとある本のタイトルに惹きつけられた。『出会いの時 *Le Temps des rencontres*』というものだった。僕にも出会いを繰り返していたときがあった。ずいぶん前のことだ。あの頃は、空っぽの時間を過ごすのが怖かった。独りでいるときは平気だったけれど、まさに知り合ったばかりの何人かの人たちといると目眩《めまい》を覚えたものだった。こう言い聞かせながら自分を落ち着かせていた。「この人たちとおさらばできないわけじゃない。なかには、どこまで人を連れ回そうとするか分かったものじゃないような輩《やから》もいるだろうけど。もう流れに身を任せるしかない」

あの日曜の夜々のことをまずは思い出してみるとしよう。僕は、寄宿舎へ戻らなければならないと分かっている学生たち皆と同じく、冬、午後の終わりの日が沈む頃になると不安になった。しかも、そういうのは夢の中でも、場合によっては全人生にわたってついてまわる。日曜の晩に、マルティーヌ・ヘイワードが住んでいる部屋に集まっている人たちがいて、僕もそこに混じっていた。僕は二十歳《はたち》そこそこで、自分がどこか浮いている気がしていた。まるでまだ自分が中学生であるかのように気が咎《とが》めていた。あの頃は寄宿舎に戻りもせずにふらついたりしたものだった。

果たして僕は、マルティーヌ・ヘイワードと、あの夕べに彼女を取り巻いていた雑多な人たちについての話にすぐ入るべきだろうか。それとも時系列に沿うべきか。今となっては分からない。

十四歳の頃、休みの日に中学校の送迎車がポルト・ドルレアンで生徒の僕たちを降ろすと、僕は決まって街路を独りで歩いたものだった。両親は留守だった。父は仕事で忙しかったし、母はピガールの劇場で劇に出演していた。ピガール地区のよさを知ったのはこの一九五九年の、土曜の夜、母が舞台に出ているときで、続く十年の間よく通っていた。思い切りがついたら、これについては他にも細々とした話をしようと思っている。

初めは独りで歩くのが怖くて、不安にならずに済むように、同じ道筋を毎回たどった。フォンテーヌ通り、ブランシュ広場、ピガール広場、フロショ通り、そしてヴィクトール＝マセ通りを、ピガール通りとの角にあるあのパン屋まで。一晩中開いている変な場所で、僕はクロワッサンを買ったものだった。

同じ年の同じ冬、僕は、土曜には中学へ行かずに、スポンティニ通りの、とある女性が住んでいる建物の前で張っていた。名前は忘れてしまったのでスティオッパさんの娘としておく。彼女のことは知らなかったけれど、住所はスティオッパさんから聞いていた。いつもの日曜と同じように、父とスティオッパさんに連れられてブーローニュの森[*1]を散歩していたときに教えてもらったのだった。彼はロシア人で、父の友人で、父とよく会っていた。背が高く、褐色の艶やかな髪をしていた。毛皮の襟のついた古いコートを着ていた。以前ひどい災難に見舞われたとのことだった。僕たちは彼に付き添って、夜の六時頃に、彼の住んでいるペンションまで行った。彼は、娘が僕と同い年だから連絡を取ってみるといいと言ってくれた。どうやら、もう娘とは会っていないようだった。彼女は、母親とその再婚相手と暮らしていたのだ。

その冬の毎週土曜の午後、ピガール、つまり劇場の楽屋で母と落ち合う前に、僕はスポンティニ通りのその建物の前で待ち構えて、黒い鉄柵の入った両開きの門扉が開いて、同い年の少女である「スティオッパさんの娘」が現れるのを待っていた。彼女は独りきりで、僕を出迎えに歩いてきて、自然にこちらが声を掛ける流れになるはずだと思っていた。でも彼女は一度も建物から出てこなかった。

スティオッパさんは彼女の電話番号もくれていた。掛けると誰かが出た。「スティオッパさんの娘さんとお話ししたいのですが」。沈黙が流れた。僕は「スティオッパさんの友人の息子です」と名乗った。相手の声ははっきりしていて親しげで、昔からの知り合いと話しているみたいだった。「来週かけてちょうだい」と彼女は言った。「そしたら会う約束をしましょう。ややこしいんだよね……私、お父さんの家には住んでいなくて……今度全部話すけど……」。でも次の週もその冬の残りの週も、電話の呼び出し音が鳴り続けても誰も応じなかった。二、三度、土曜にピガール行きの地下鉄に乗る前に、僕はスポンティニ通りのその建物の前でまた張ってみた。無駄だった。部屋のドアベルを鳴らすこともできただろうけれど、電話のときと同じで誰も出ないと分かっていた。そして、春以降、スティオッパさんとブーローニュの森で散歩することはもう二度となかった。それに、父とも。

僕は、街角でしか人が真に出会うことはあり得ないと長らく信じていた。だからこそ、スティオッパさんの娘が住んでいる建物の向かいの歩道で彼女を待っていたのだ。知りもしない相手を。「全部話す」と向こうは電話で言った。さらに数日の間、だんだんと遠のく声が夢の中でこの台詞を発していた。そう、彼女と出会いたかったのは、それを「話し」てくれるだろうと思ったからだ。もしかすると父をもっと知るための手がかりを得られるかもしれない。僕と並んで、ブーローニュの森を道なりに黙って歩いていた謎の男を。スティオッパさんの娘である彼女と、スティオッパさんの友人の息子である僕には共通点があるはずだった。それに、彼女はこちらよりも少しばかり前からそれに気づいているに違いなかった。

同じ頃、自分の事務所の半開きになった扉の裏で、父はよく電話で話していたものだった。いくつかの語がこちらの気を引いた。「闇市の、ロシア人の一味」。それから四十年近く経って、ロシア人名が一覧になっているのを目にした。ドイツによるフランス占領の間パリの闇市で幅を利かせていた密売人たちの名前だった。シャポシニコフ、コウリロ、スタモグロウ、ウォルフ男爵、メッチャースキー、ジャパリゼ……スティオッパもこの中にいるのだろうか。あと、ロシア人のふりをしていた父も？　僕がもう一度考えようとすると、問いはそれきり時の闇に消えた。

十七歳ぐらいの頃、ミレイユ・ウルゾフという一人の女性と出会った。またしてもロシア名。夫の姓だった。夫はエディ・ウルゾフといい、「執政」とあだ名されていて、ミレイユさんは彼と一緒にスペインのトレモリーノスの方で暮らしていたのだった。彼女はフランス人で、出身はランド県だった。砂丘、松、大西洋岸の荒涼とした浜辺、九月の太陽……ところが、僕はパリで彼女と知り合いになった。一九六二年の冬に。三十九度の熱のためにオート＝サヴォワ県の中学を早退して、パリ行きの電車に乗って、母の住む部屋にたどり着くと真夜中頃になっていた。母は不在で、スペインへ帰る前に数週間そこを借りていたミレイユさんに鍵を予め《あらかじ》預けていた。ドアベルを鳴らすと、出てきたのは彼女だった。部屋は空き家みたいだった。家具はもう何もなかったけれど、玄関の辺りには折り畳み式テーブルと戸外用の簡易椅子が一脚ずつ、河畔に面した寝室の真ん中には大きなベッドが一台、その隣の、僕が子どもの頃に寝ていた寝室には、テーブルが一脚、端切れがいくつか、そしてマネキン人形が一体あって、ワンピースやさまざまな服がハンガーにぶら下がっていた。シャンデリアの放つ光がぼんやりしていた。電球のほとんどが切れていたのだ。

このぼんやりした光や、秘密軍事組織のテロとともに過ごした二月は変な月だった。ミレイユさんはウィンター・スポーツをしに行ってきたところで、山小屋のバルコニーで友人と撮った写真を見せてくれた。一枚、彼女がジェラール・ブランという俳優と一緒に写っているものがあった。彼は十二歳のときにはすでに映画を作っていた。両親にも言わずに。わが道を行く子どもだったから。そう彼女は言っていた。後にいくつかの映画で見たときには、彼はいつも歩いていた気がした。手をポケットに入れて、少しだけ首をすくめて、雨から身を守ろうとしているみたいに。僕は一日の大半をミレイユさんと過ごした。部屋で食事をすることはあまりなかった。ガスが来ていなくて、アルコール式のコンロで料理をしなければならなかったから。暖房はなかった。でも寝室の暖炉に薪がいくらか、まだ残っていた。ある朝、僕たちはオデオンの方へ行って二か月前に請求の来ていた電気料金を支払った。来るべき日々を蠟燭の火のもとで過ごさずに済むようにするためだった。ほとんど毎晩出かけていた。彼女は僕を真夜中頃に、部屋のすぐ近くの、サン＝ペール通りにあるキャバレーへ連れていったものだった。その頃には演《だ》し物はとうに終わっていた。一階のバーに残っている何人かの客は知り合いのようで、互いに小声で話していた。そこには、ジャック・ド・バヴィエール（もしくはドバヴィエール）とかそんな名前の彼女の友人がいた。スポーツのできそうな金髪の男で、彼女の話では「ジャーナリスト」で「パリとアルジェを行ったり来たり」していた。彼女が夜に何度か家を空けていたのは、ポール＝ドゥメール通りのワンルーム・マンションに住んでいた、このド・バヴィエール（ドバヴィエール）さんと落ち合うためだったのだろう。午後に彼女に付き添ってそこまで行ったことがある。彼女が腕時計を置いてきてしまったからだった。ド・バヴィエールさんは留守だった。二、三度、彼は、シャンゼリゼ通りの、ワシントン通りと交わる辺りにあるレストラン「砂漠の薔薇 La Rose des sables」へ僕たちを連れていってくれていた。大分後になって、あのサン＝ペール通りのキャバレーと、この「砂漠の薔薇」が当時、アルジェリア戦争に関係している秘密警察の人たちの行きつけの場所だったと知った。そして、そんな符合のせいで、もしかするとド・バヴィエール（ドバヴィエール）さんはこの組織の一員だったのかもしれないと思ったりもした。一九七〇年代の別の年の冬、夜の六時頃に、僕は一人の男が地下鉄のジョルジュ＝サンク駅の出口から出て行くのを見た。僕がそこへ入っていこうとしたときだった。少し老けてはいたけれど、ド・バヴィエールさんのようだった。踵《きびす》を返して彼の後ろをつけながら、彼に声をかけてミレイユ・ウルゾフさんがどうなったのか聞き出さなくてはと思っていた。まだ、夫のエディこと「執政」とトレモリーノスで暮らしているのか？　男はロン＝ポワン劇場の方へ降りていった。軽く足を引きずっていた。僕はカフェ「マリニャン Marignan」のテラスのところで立ち止まって、人混みに消えるまで彼を目で追った。なぜ声をかけなかったのだろう。声をかけていたら僕のことを思い出してくれただろうか。分からない。パリは、僕に言わせれば幽霊だらけだ。地下鉄の駅とか、乗り換え案内板のボタンを押せば光る、駅を示す点とかと同じぐらいたくさんいる。

僕たちはよく地下鉄に乗っていた。ミレイユさんと僕は。西側の地区へ行って、今では顔も忘れてしまった彼女の友人たちを訪ねるために、ルーブル駅から。記憶にはっきり残っているのは、彼女と芸術橋《ポンデザール》を渡ったり、サン＝ジェルマン＝ロクセロワの前の広場を歩いたりしていたこと、あと、たまにルーヴル宮殿の中庭を歩いたこと。派出所の黄色い光が奥の方で灯っていた。住んでいた部屋と同じぼんやりした光だった。昔、自分の部屋だったところには、右側の大きな窓の近くに棚があって、本が並んでいたけれど、どんな奇跡が起きて、忘れ去られたあの本たちはあそこに残っていたのだろう、すべてが消え去ってしまった中で、と僕は今にして思う。それらは、母が一九四二年にパリに着いたときに読んでいたものだった。ハンス・ファラダ[*2]の小説、フラマン語で書かれた本、それに前は僕のものだった緑色文庫[*3]が何冊か。『秘密の貨物船 *Le Cargo du mystère*』とか、『ブラジュロンヌ子爵』とか……。

あちら、つまりオート＝サヴォワの方では、とうとう僕がいないのを心配し始めた。ある朝電話が鳴って、ミレイユさんが受話器を取った。中学校の修道院長である司教座聖堂参事会員[*4]のジャナン氏が僕の近況を知らせてもらいたがっていた。もう二週間ほど音沙汰がないからだった。彼女は先方に、僕が質《たち》の悪い流感で「ちょっと具合が悪い」と伝え、「復帰する」正確な日付は改めて知らせると言った。僕は率直に、こう彼女に訊いてみた。一緒にスペインへ行ってもいいだろうか。未成年は国境を越えるのに両親の書面での許可が必要だった。こちらが成年に達していないことが彼女は突然とても気になり始めたらしく、しまいにはド・バヴィエールさんに意見を求めようとしたほどだった。

僕のお気に入りの時間帯は、パリでは冬の朝六時から八時半の間、つまりまだ暗い頃だった。日の出前のつかの間の休息。時が宙吊りになったみたいで、いつもより身が軽く感じられたものだった。

店を開けて最初の客を入れる時間を狙って色々なカフェに通った。一九六四年の冬、まだ夜が明けないうちはあらゆる希望を抱いていられる、そうした明け方のカフェ――と僕は呼んでいた――の一軒で、ジュヌヴィエーヴ・ダラムとかそんな名前の女性と会っていた。

カフェは、ド・ラ・ガール通り[*5]の突き当たり付近、十三区内に立ち並ぶ低い家々の一軒の一階部分を占めていた。今では、通りは名前を変えて、イタリー広場より手前の奇数番地側にあった家や小さな建物は壊されてしまっている。店は、ル・バル・ヴェールという名前だった気がするときもあれば、名前がぼやけてしまうときもある。夢の中で聞いたばかりなのが、起きると逃れ去ってしまう言葉みたいだ。

ジュヌヴィエーヴはいつも真っ先に来ていて、僕がカフェへ入っていくと、決まって、開いている本の方へ首を傾けて、奥の方のあの席に座っていた。一晩で四時間眠るかどうかだということだった。彼女は、通りをもう少し下ったところにあるスタジオ・ポリドール[*6]で助手をしていて、それで僕たちはこのカフェで、彼女の出勤前に会うようになっていたのだった。彼女とはジョフロワ＝サン＝ティレール通り[*7]のオカルト系の本屋で出会った。彼女はその手の「科学」にとても関心があった。僕もだ。それも、特定の教義に傾倒したりヒンドゥー教の導師《グル》の弟子になったりするためではなくて、単に謎めいたものが好きだからだった。

　本屋を出ると日は沈んでいた。ただ、そんな時間帯も、冬にあってはとても早い朝のまだ暗い頃と同じ軽やかな感じがするのだった。以来、五区は、ありとあらゆる地区もド・ラ・ガール通りを延々行った先の街外れも、僕の中ではジュヌヴィエーヴに結びついたものとしてある。

　八時半頃には、僕たちは彼女の職場まで道の高く盛られたところを歩いていた。今では高架鉄道が走っているあそこだ。スタジオ・ポリドールについて彼女に訊いてみた。僕は、「音楽製作者、作曲家及び編集者の協会」が設けている「作詞者」の資格試験に受かったばかりで、そこに登録するには「推薦者」が必要だった。エミール・シュテルンとかそんな名前の、作詞家で、オーケストラの指揮者で、ピアニストでもある人がこの役割を担ってくれることになっていた。彼は、二十五年前にスタジオ・ポリドールで行われたエディット・ピアフの最初の頃の録音で指揮を務めていた。僕は、スタジオ・ポリドールにその様子の記録が残っているかどうかジュヌヴィエーヴに尋ねた。ある朝、カフェで、彼女は、僕の「推薦者」シュテルン氏が指揮したエディット・ピアフの録音の記録が入っている封筒を差し出した。僕のために盗みを働いたことで少なからず心が乱れているようだった。

　最初、彼女は、正確にはどこに住んでいるのか、なかなか言ってくれなかった。質問しても、返ってくる答えは「ホテルに」だった。知り合って二週間して、ある晩、僕が、マリアンヌ・ヴエルヌイユの『神秘学事典 *Dictionnaire pratique des sciences occultes*』と、秘教をテーマとする小説『ある天使の思い出に *À la mémoire d'un Ange*』を贈ると、付き添いついでにそのホテルまで来ていいと言ってくれた。

それは、モンジュ通りの下の方、レ・ゴブラン駅界隈やら十三区やらの周縁にあった。半世紀近くが経った今、戦後から一九六〇年代までのようにパリのホテルの部屋に住む人はもういない。ジュヌヴィエーヴは、ホテルの部屋に住んでいた、僕が知る限りでの最後の人ということになるだろう。一九六三年から六四年にかけて、旧い世界は、崩れ去る日を前に息を止めようとしているようだった。壊されようとしている、街外れや街の周りのあらゆる家や建物も。とても若い僕たちは、そうした古めかしい場所でもう数か月だけ暮らせることとなった。モンジュ通りのそのホテルといえば、洋梨形のスイッチを思い出す。ナイトテーブルの上にあったものだ。あと、ジュヌヴィエーヴがいつもさっと閉めていた黒いカーテン。戦時中から掛かったままの自衛のための暗幕だった。

僕たちが知り合いになった数週間後、彼女は僕を自分の弟に紹介した。それまで一度も話に上らなかったのに。二、三度、彼女の家族についてさらに聞き出そうとしたことはあったけれど、向こうが答えにくそうだったから、こちらもそれ以上訊かなかったのだった。

ある朝、ド・ラ・ガール通りのカフェへ入ると、彼女はいつものテーブルのところにいた。僕たちぐらいの歳の褐色の髪の男も一緒で、彼女の向かいに座っていた。僕は彼女の脇の長椅子に掛けた。男はジッパーつきのブルゾンを着ていた。肩パッドが入っていて、豹の毛皮でできているみたいだった。向こうはこちらに微笑みかけると、いやに大きな声でグロッグ[*8]を一杯注文した。常連気取りだった。

彼女は「弟なの」と言った。僕は、男は不意にやって来たのだと、彼女の気詰まりな様子から察した。

彼は何の仕事をしているのか尋ねてきて、僕は適当に言葉を濁した。それから、それを知っていれば自分が得をするとでもいうように、向こうはこちらを驚かせる質問をした。「パリに住んでいるんですか」。彼はずっとパリに住んでいたわけではなかったのだろう。ジュヌヴィエーヴは、自分はヴォージュ県の街の生まれだと言っていた。エピナルだったか、それともサン＝ディエだっただろうか。僕は、夜の十一時頃に、二つの街のどちらかのカフェのテーブルにいる彼を想像した。駅の近くにあって、唯一まだ開いているカフェだ。贋物の豹の毛皮の、このぶかぶかなブルゾンを、やはり着ているのだろう。それは、パリの街では凡庸至極だけれど、かの地では目を引くに違いなかった。そして独りで座っている。うつろな目の前をして、ビールの入った脚つきグラスを前に、ビリヤードの最後の試合が行われているのをよそに。

男はジュヌヴィエーヴの職場までついて行きたがり、僕たちは道の高く盛られたところを歩いていった。彼女は彼を前に居心地の悪さを募らせている様子で、いまや相手を厄介払いしそうなぐらいだった。彼が、ずっとモンジュ通りのホテルに住むのかと彼女に尋ねたとき、僕の直感は当たったと思った。「来週出ていく」と彼女は答えた。「別のホテルを見つけたの。オートゥイユの方に」。相手は住所をねだった。彼女はミシェランジュ通りの番地を告げた。訊かれると分かっていたみたいだった。男は黒革の表紙の手帳をブルゾンの内ポケットから取り出すと、住所を書き留めた。それから彼女は僕たちを残してスタジオ・ポリドールに入っていった。「また後で」と僕に言いながら。口で言ったのではなくて、頭でちょっとした仕草をした。それが合図だった。

僕はこうして、豹柄ブルゾンの輩と二人きりになった。「どうです、一杯やりませんか」。彼は有無を言わさぬ口調で言った。降り始めた雪の塊はぐっしょり湿っていて、雨粒と変わらないぐらいだった。「時間がなくて」と僕は言った。「別の約束があるんです」。でも男はずっと横をついてきて、僕はやつを撒いて、数百メートル先の地下鉄のシュヴァルレ駅の入り口まで走って行きたい気持ちに駆られた。「姉さんと知り合って長いの？　魔術とか交霊円卓とかの話をされて迷惑だったりしない？」「全然」。彼は、この辺りに住んでいるのかと訊いてきた。相手が住所を聞き出して黒い手帳に書き留めようとしているのは分かっていた。「パリの外です」と僕は答えた。それでいて、こんな嘘をつくなんて恥ずかしいと思っていた。「サン＝クルーですよ」。彼は黒い手帳を取り出した。やむを得ず、アナトール＝フランス通りかロマン＝ロラン通りの辺りの住所をでっち上げた。「それで、電話は？」。局番をどうしようかと一瞬迷ってから「ヴァル＝ドール」[*9]のものに決めて、そこに数字を四つ足した。向こうはそれを丁寧に書き留めた。「演劇の講座を受けたいと思っているんです。何かご存知ですか」彼はこちらをねっとりした目つきで見ながら尋ねた。「言われたんです、僕にはそのための肉体的資質があるって」。背は高くて、顔立ちも十分に整っていて、黒い巻き毛をしていた。「何かも何も」僕は答えた、「パリにはね、演劇の講座なんて掃いて捨てるほどあるんですよ」。相手は驚いたようだった。こちらが「掃いて捨てるほど」などという言い方をしたからかもしれない。男は、豹柄ブルゾンのジッパーを顎まで上げて、襟を立てて、ますます激しく降る雪をしのごうとした。地下鉄の入り口の辺りにようやくたどり着いた。僕は、彼がつけてきて追い払おうにも追い払えなくなるのではないかと怖くなった。さよならも言わず、振り返りもせずに階段を下りて駅のホームに滑り込んだ。すんでのことで乗客流入制限用の扉が閉まるところだった。

ジュヌヴィエーヴはこちらが彼女の弟に対して取った態度に驚かなかった。どのみち、自分でも嘘のホテルの住所を教えていたのだし。彼女の話では、彼はお金をせびりにカフェへ来たのだった。もちろん、こちらが朝とても早くに通い詰めているカフェも、こちらの勤め先も、向こうは知っているけれど、彼女は、人を追い払うなんて簡単だと言ってのけた。おめでたい考えだった。そして穏やかな声でこうつけ足した。弟は、結局はヴォージュへ帰って「小狡《こずる》く」――そう、彼女はそう言った――生きていくだろう。いつだってそんなふうだったから。日が経っても僕たちは彼がどうしているか知らされないままだった。もしかすると本当に彼はヴォージュへ帰ってしまったのかもしれなかった。

少しばかり、僕はやつの様子を想像してみた。電話ボックスに入ってヴァル＝ドールの局番と四つの番号をダイヤルして誰も出なかったら。あるいは、「掛け間違いではないですか」と一蹴されてしまったら。彼が地下鉄に乗って、そしてセーヌ川を渡ってサン＝クルーまで行くのさえ目に見えるようだった。やっぱり豹柄のブルゾンを着ていた。冬はその年、なかなかに厳しかったけれど、襟を立てて、男はありもしない通りを探し回っているのだった。それも、いつまでも。

ジュヌヴィエーヴはある女性を定期的に訪ねていた。彼女に言わせれば友人だったし、オカルトに詳しかったのだ。僕たちの出会いについてはもう話してあって、僕が彼女に、マリアンヌ・ヴェルヌイユの『神秘学事典』と、『ある天使の思い出に』と題された小説を贈ったことも話したということだった。ある日、彼女はこのマドレーヌ・ペローさんの家まで一緒に来ないかと言ってきた。そう、そんな名だった。ようやく思い出せた。まあ、その気にさえなれば、そういうのは思い出されてくるものだ。薄く積もった雪みたいな忘却にくるまれた心の中に留まっている、そうした名前たちは。マドレーヌ・ペロー。でもファースト・ネームはもしかすると違ったかもしれない。

彼女はヴァル゠ド゠グラース通りの始まる辺り、九番地に住んでいた。その頃から、僕はその建物の、大きな窓のあるファサードで三方を囲まれた庭へ通じる門の前をよく通るようになった。二週間前には、その気もないのにそこへ行き着きさえした。それも僕たちが、ジュヌヴィエーヴと僕が、その門を通り抜けていたのと同じ時間に。冬の夕方五時、暗くなってきて窓には明かりがもう灯り始めている頃だった。永劫回帰とでもいうべき現象のために自分が過去に戻ったか、あるいは単に、時の方がこちらの人生のある時点で止まってしまったかに違いないと思った。

マドレーヌさんは四十歳ぐらいの褐色の髪をした人で、髪の毛は結い上げてあって、目の色は明るくて、首の動かし方や物腰は古《いにしえ》の踊り子みたいだった。どんな経緯《いきさつ》でジュヌヴィエーヴは彼女を知ったのだっただろうか。ジュヌヴィエーヴの方から、ヨガのレッスンを受けにマドレーヌさんの家へ行ったのだと思うけれど、彼女と僕を引き合わせるより前にジュヌヴィエーヴが「ペロー医師」たる彼女について話していたのも覚えている。彼女は医療にも携わっていたのか。すべては五十年ほど前の話だし、僕はといえば、半世紀この方、出会ったどんな人たちについても特に改めて考えたりはしなかった。短い付き合いだったし。

マドレーヌさんを紹介された日から、僕はジュヌヴィエーヴに付き添って、夕方五時にその家へ何度も行った。決まって木曜だった。相手は僕たちを黙って招き入れ、廊下に沿って客間まで進んでいった。大きな窓が庭に面してあるその部屋で、僕たちは座った。ジュヌヴィエーヴと僕は窓の向かいの赤いソファに、マドレーヌさんはスツールに、脚を組んで、背筋をすっと伸ばして。初めて三人で会ったとき、彼女は低い、それこそ掠《かす》れたような声で、僕が学業に励んでいるか訊いてきて、僕は正直に「いいえ」と言った。兵役を先延ばしにしたいがためにソルボンヌ大学に籍を置いていたものの、授業には出たことがなかった。幽霊学生だった。向こうはこちらが仕事をしているか知りたがり、僕は、何軒かの本屋の仕事を掛け持ちして生活費を稼いでいると言った。この業界用語はあまり好きではないけれど、要は「本の取次」のようなことをしている。でもって、歌詞作りを担当すべく、「音楽製作者、作曲家及び編集者の協会」の会員になっている。そんな感じだと。「で、ご両親は?」。僕の歳なら、励ましてくれたり、慈《いつく》しんでくれたり、物理的に助けてくれたりする両親がいてもおかしくないのだと不意に気づいた。両親はいない。

こちらがあまりにすっぱりと答えたものだから、向こうは家族についてあれこれ訊き出そうとはしなくなった。自分に関する質問に進んで答えたのはそれが初めてだった。それまで、僕はそうするのを避けていた。どんなかたちの問いにであれ身構えてしまう質だったから。もしかすると僕はその晩、成り行きに身を任せようと思っていたのかもしれない。気を鎮めてくれるような、相手の話をきちんと聴いているのが伝わってくるような、マドレーヌさんの眼差しと声のせいだろうか。僕はそういうのに慣れていなかった。彼女はいいところを突いてきて、針を刺すべき場所を正確に知っている鍼師《はりし》みたいだった。大体、ジュヌヴィエーヴにしても「ペロー先生」と何度も呼んでいたのではなかっただろうか。それに、この客間には穏やかさがあった。庭に面した大きな窓が二つあって、その間にあるフロアライトは薄闇をいくらか残してくれていた。静けさのせいで、本当にパリにいるのかと思ってしまうぐらいだった。僕は一日の大半を、外というか、街路やカフェ、地下鉄、ホテルの部屋、映画館などの公の場で過ごしていた。その中で、「ペロー医師」の住んでいる部屋はそれらすべてと対照をなしていた。特に冬、昨今よりもはるかに過酷だったような気がする一九六〇年代初めの冬には。それで僕は、「ペロー医師」の家への初めての訪問の折に、ここで寒さと冬の厳しさから守られて、彼女が低くて落ち着いた声で質問をするのに応じていれば自分の身は安泰だと思ってしまったのだった。

マドレーヌさんの家で、僕は、客間の奥の丈の低い書棚に詰まっている本を一瞥させていただいた。不躾だと思われたら申し訳ないのだけれど、自分としては「プロ」の書籍整理法に関心があったと、僕は彼女に言った。「もし面白そうな本があれば、ぜひ持っていってくださいな」。相手は笑顔で後押しした。オカルトに関する著作のことを言っているのだった。その中には、僕がジュヌヴィエーヴに贈った、出版されてから十年ほどになる小説『ある天使の思い出に』もあった。「あなたがこの小説を知っているなんてびっくりしちゃった」とマドレーヌさんは言った。まるでこの本が彼女にとって、特定の何か、単なる読書体験以上の、実人生にまつわる何かを思い出させるものであるかのように。

僕はそれを書棚から出して、無意識のうちに開いていた。標題紙には献辞があった。「あなたへ。天使たちとの思い出に。ムジェーヴ。[*10]いざこざの種 Le Mauvais Pas。イレーヌ」。青インクで書かれた見事な文字だった。彼女は僕が献辞を読んだのを認めて、戸惑っているようだった。「見事な小説でしょう」と彼女は僕に言った。「でも、読んでいただきたい本は他にあるの。二人ともにね」。しかも命令じみた口調でそう言ったのだった。ある晩彼女は、赤いソファの、ジュヌヴィエーヴと僕の間に一冊の著作を置いた。『注目すべき人々との出会い[*11]』という題名だった。この題と「出会い」という言葉を前にすると、五十年以上経った今でも、そのとき初めて心に浮かんだちょっとしたことについてすぐさま考え始めてしまう。僕は、自分と同い年の多くの人と同じく、その当時の大学に君臨していた四、五人の思想的指導者と出会ったり、彼らの一人に師事したりしようとは決して思わなかった。なぜかって？　幽霊学生たる僕には、一人の導き手にすがる方が自然だった。僕は、ある意味では寂しさと迷いの中を生きてきたから。そうした師のうち僕が思い出せるのはたった一人で、それも、ある夜とても遅くにコリゼ通り La rue du Colisée で出会ったからだった。これがカルチエ・ラタンだったらまあ当たり前だっただろう。彼が千鳥足で歩いていて、悲しげで、不安げな眼差しをしていたのには胸を打たれた。迷っているかのようだった。腕を取って、言われた通りに、直近のタクシー乗り場まで道案内をした。

僕は、「ペロー医師」がジュヌヴィエーヴに影響を与えているのを早々に見抜いた。僕たちが彼女の家を出て歩いていたある晩、庭を通り抜けたところで彼女がこう言ったのだった。マドレーヌさんは秘密結社とでもいうべき集団のところに出入りしていて、そこでは「魔術」が行われている。それ以上の話はできなかった。それについて大して知っているわけではなかったから。マドレーヌさんはその集団のことをほのめかしはしていたけれど、いつもぼかした言い方で、相手の、つまりジュヌヴィエーヴの出方を充分に窺ってから核心に迫ろうとしているようだった。でもジュヌヴィエーヴは話されている以上のことを知っていそうだった。特に「ペロー先生に直接話してみればいいのに」と切り返してきたときには。僕たちはサン＝ジャック・デュ・オ＝パ教会 l'église Saint-Jacques du Haut-Pas の手前を塀に沿って歩いていた。「うん、そうするべきだと思う」。僕は彼女が意見を曲げないのに驚いていた。「あの人と知り合って長いの？」と僕が訊くと、「そうでもない。ある日の午後に、ヴァル＝ド＝グラース軍教育病院の向かいの、彼女の家に程近いカフェで知り合いになった」と答えた。ジュヌヴィエーヴは今にも色々と話し出しそうだったけど、結局は黙ったままでいた。僕たちはもう、あの幅の広い通りに出ていた。道は高等師範学校[*12]の近代的な建物に沿って延びていて、外国の街で迷っている気分になる。ベルリン、ローザンヌ、さらにはローマのパリオリ地区にいる気にさえなった末に、自分は夢の中を歩いているのではないかと思い始めて、しまいには自分が本当は自分ではないような気がしてくる。

「本当、直《じか》に話した方がいいって」と彼女は繰り返した。心配そうな声で、助けを求めているかのようだった。「教えてくれると思う。あのことも……」。僕は「あのことって何？」と訊こうとしたけれど、適当な質問をしてはますます彼女を困らせるだろうし、彼女は「ペロー医師」に心酔しているのだからと思い直した。「そうだね、話してみるよ」。僕は努めて穏やかで何気ない口調で話していた。「今度の木曜、家へお邪魔したときに。あの人、すごく気になるんだよね。とても知的だし。もっと色々知りたいな」

　ジュヌヴィエーヴが住んでいるホテルに着いた。彼女はほっとしたようだった。こちらに向かって微笑んだ。ぜひもっと色々知りたいと僕が答えたことを喜んでくれていたのだろう。口にしたあの言葉に嘘偽りは全くなかった。子ども時代や思春期の頃から、僕はパリの謎に関するあらゆることに心を躍らせていたし、並々ならぬ関心を抱いていた。

でも、僕は木曜を待たずして「もっと色々知る」ことになった。ある朝、ジュヌヴィエーヴのホテルからスタジオ・ポリドールまで彼女に付き添ってから、僕は逆方向の地下鉄に乗って、サンシエ゠ドバントン駅の出口まで行くと、ヴァル゠ド゠グラース軍教育病院へ歩いていった。門の前にたどり着くと、迷わず庭を横切った。敷地への入り口を越えようとしたとき、マドレーヌさんに電話して、伺ってよいか尋ねておけばよかったと思った。

僕はドアベルの音色に驚いた。ジュヌヴィエーヴと一緒のときは気にならなかったのに。頼りなくて、くぐもっていて、今にも消えそうだったから、ボタンから指を放せなかった。もしマドレーヌさんが奥の部屋にいたら聞こえないかもしれないような音だった。

少しの足音も聞こえないうちに扉がわずかに開いた。ずっと扉の後ろに立って、来るかもしれない訪問者を待ち構えていたのだろうか。相手は驚いた様子もなくこちらを見た。いつものように僕を黙って招き入れ、廊下に沿って進んでいった。陽が射す中、ここの客間に入るのはそれが初めてだった。光が寄せ木張りの床を点々と染めていた。窓から薄く積もった雪に覆われた庭が見えた。ジュヌヴィエーヴと一緒に来る晩よりもパリから遠のいている気がした。

彼女は赤いソファの、僕の左側の、いつもならジュヌヴィエーヴが占めている席に座って、僕を見つめた。

「ジュヌヴィエーヴがさっき電話をくれたの。あなたが私に会いたがっているって。待ってたわ」

そんな次第で、この訪問はこちらの知らないうちに仕組まれていたのだった。もしかすると彼女たち二人は、気づかれないようにして、僕を催眠状態に陥らせたのかもしれなかった。

「彼女が電話を？」

夢の中でこの場面に居合わせたことがあった気がした。一筋の陽光が奥の壁のところの書棚を照らしていた。つかの間の静けさが僕たちの間に漂った。沈黙を破ったのは僕の方だった。

「貸していただいた本を読みました……『注目すべき人々との出会い』のことですけど……この作品についてはかねてから聞いていて……」

あれは中学生としてオート＝サヴォワで過ごした二年の間のことだった。ピエール・アンドリューという学友が、自分の両親は、導師《グル》たるこの本の著者、ゲオルギイ・イヴァノヴィチ・グルジエフの弟子だと打ち明けた。彼の母親は車で僕たちを、つまりピエールと僕をアッシまで連れていって、同じくこのグルジエフ氏の信奉者である、薬剤師の友人を訪ねた。彼女たちの会話の断片はこちらにも聞こえていた。氏が自身の教えをさらに広めるために取り巻きの人たちと創ったグループが話題になっていた。その、「グループ」という言葉が僕の気を引いたのだった。

「あらそう……あの本についてお聞きになったことがあるの？　どういうわけで？」

マドレーヌさんは心配しつつ面白がってもいるような顔をしていた。秘密をいくつか握られているのではないかと案じているかのようだった。

「僕はオート＝サヴォワに長らくいたのです。あそこにはゲオルギイ・イヴァノヴィチ・グルジエフの弟子が何人かいて……」

僕はゆっくりと、相手の目を見つめ返しながらそう言った。

「オート＝サヴォワに？」

どうやら、向こうはこんなことを話してもらえるとは思っていなかったようだった。僕ときたら、相手の度肝を抜いて自白させようとする警察官みたいだった。でも警察官ではなかった。ただの実直な若者だった。

「ええ……オート＝サヴォワに……アッシの方でした……ムジェーヴからそう遠くないところで……」

小説『ある天使の思い出に』に記されている、おそらくは彼女宛の献辞が思い出された。こんな感じだった。「あなたへ……ムジェーヴ……いざこざの種……」

「で、グルジエフ氏のお弟子さんとは知り合いになったの、その……オート＝サヴォワで？」

「ええ、数人とは……」

向こうは、こちらが何人かの名前を口にするのではないかと考えて気が立っているようだった。

「中学校の学友の母が……やはりグルジエフ氏の弟子である友人……薬剤師でした……その人と会うというのでアッシへ僕たちを連れていってくれたのです」

僕には、彼女の目が驚きをたたえているのが分かった。

「彼女とは知り合いだったことがあるの。大分前だけど……そのアッシの薬剤師さんと……やっぱりジュヌヴィエーヴって名前だった。ジュヌヴィエーヴ・リエフ……」

「名前までは分かりません」と僕は言った。

相手は首を傾げた。その女性について、もっときちんと思い出そうとしているかのようだった。それにおそらく、自身の過去の一時期の、その他の詳細についても。

「アッシへは何度も、彼女に会いに行った……」

向こうはこちらの存在を忘れていた。僕は黙っていた。彼女の気を散らせたくなかったのだ。しばらくして、彼女はこちらを向いた。

「まさかあなたがあのことの一切合切を思い出させてくれようとはね」

彼女があまりに動揺して見えたので、僕は、話題を変えるべきではないかと思った。

「ジュヌヴィエーヴが、あなたはヨガを教えていると言っていました。僕もレッスンを受けられればとても嬉しいんだけど」

相手は上の空だった。首をもう一度傾げて、多分、あのアッシの薬剤師について、残っているなけなしの思い出を寄せ集めようとしているのだった。

彼女はこちらへ寄って来た。互いの顔が触れ合いそうなぐらいだった。そして小声で言った。

「若かったな……あなたぐらいの歳だったはず……イレーヌっていう友達がいて……その子がグルジエフ氏のところで開かれている集まりに連れていってくれて……パリの、コロネル＝ルナール通りだった……お弟子さんたちが集団であの方を取り巻いていて……」

その話し方は早口で、ぎくしゃくしていて、まるで聴罪司祭に話しかけているみたいだった。

それが僕には少しばかり厄介だった。こちらは聴罪司祭の役回りを演じられるほど経験豊富でもなければ、そんな歳でもなかった。

「それから、オート＝サヴォワへ一緒に行って……ムジェーヴとアッシへ……イレーヌがアッシにあるサナトリウムで治療してもらわなくちゃならなくて……」

彼女は身の上話を始めようとしていた。実にさまざまな人たちが何人も、続く数年の間に身の上を打ち明けてきて、僕は、どうしてなのだろうと不思議に思ったものだった。こちらが告白を引き出しているに違いなかった。人の話を聴いて質問するのが好きだった。カフェで、知らない人どうしの会話の切れ端を聴き取ることもよくあった。僕はできるだけ目立たないようにそれを書きつけていた。少なくとも、そうしておいた言葉はずっと失われずにある。日付や中断符《リーダー》と一緒になって、ノート五冊を埋め尽くしている。

「イレーヌって、『ある天使の思い出に』に、あの献辞を寄せてくださった方ですよね」と僕は訊いた。

「ええ、そうよ」

「献辞の結びに、「いざこざの種」って書かれていましたよね。僕、あそこはよく知っているんです」

彼女は眉を寄せて、何かを思い出そうとしているように見えた。

「ナイトクラブみたいなところで、イレーヌとよく行っていた」

モン・ダルボワ Mont d'Arbois の山道のあの廃墟なら覚えていた。部分的に火事で焼けた跡があった。ファサードには明るい色の木の看板がぶら下がっていて、赤文字で「いざこざの種」と書かれていた。僕は、もう少し上の、そこから数百メートルのところにある児童養護施設で、何か月もの間過ごしたことがあった。

「それからはもう、オート＝サヴォワへは行っていない」と彼女は素っ気ない声で言った。この話を終わらせたいかのようだった。

「グルジエフ氏を知るようになってから、そうした「集団」に属していたことは？」

相手はこの質問に驚いたようだった。

「こんなふうに伺うのは、友人の母と、くだんのアッシの薬剤師の方がよくこの言葉を使っていたからで……」

「グルジエフ氏が使っていた言葉なの」と彼女は答えた。「「ワーク集団」ていうのがあって……自己を高める、あの「ワーク」をするんだけど……」

でも、今思うに、彼女はゲオルギイ・イヴァノヴィチ・グルジエフの教義についてさらに踏み込んだ説明をしたくなかったのだろう。

「今あなたと一緒にいる方のジュヌヴィエーヴだけど……」彼女は出し抜けに言った。「おかしいぐらいイレーヌに似ていて……ヴァル＝ド＝グラース軍教育病院の向かいのあのカフェで初めて彼女を見たときは、本当にびっくりした……てっきりイレーヌだと……」

僕は彼女の打ち明け話に全くうろたえていなかった。子どもの頃から、妙な話は山と聞いてきた。わずかに開いた扉や、ホテルの部屋のとても薄い壁の向こうから聞こえてきたり、カフェや待合室で耳に挟んだり、夜行列車で……。

「ジュヌヴィエーヴのことがとても心配なの……というのも……」

「何がそんなに心配なんです？」

「彼女、変な生き方をしているでしょ……ときどき、もぬけの殻みたいになって……思わない？」

「別に」

「不思議ね。あなたにはぴんと来ないなんて……彼女ったらときどき自分の人生から少し脇にそれたところを歩いているみたいなんだから……一度ぐらいは見たことあるでしょう。彼女を見ていて一度も思わなかった？　夢遊病者みたいだなって」

この言葉で僕は、子どもの頃に観て、美しい思い出になっている、とあるバレエの演目の名前を思い出した。ジュヌヴィエーヴと、階段をゆっくりと、腕を差し出すようにして上っていたあのときのダンサーとの類似点を探し出そうとした。

「夢遊病者……それはそうかもしれません」と僕は言った。

反論したくなかった。

「イレーヌもまさにそんな感じで……やっぱり……もぬけの殻みたいなときがあって……私はそれをどうにかしようとしていて……」

「グルジエフ氏はどう考えていらしたのですか」

質問をするなり、しまったと思った。こんなふうに不作法な質問をしてしまうことが、当時はよくあった。お仕舞いにしたかったのだ。散々親身になって人の話を聴いたせいで、突然ぐったりしてその場からおさらばしてしまいたくなることもたまにあった。

「グルジエフ氏のおかげで彼女はよくなっていった。私もよ。私はイレーヌに、氏の教えに従うようにと言い続けた」

相手は向き直ってこちらをじっと見つめた。僕はどぎまぎした。

「ジュヌヴィエーヴを助けなくちゃ」

その声の調子があまりに重々しかったので、とうとう僕は、ジュヌヴィエーヴが差し迫った危機にあると認めた。ただ、そう考えたところで、どんな危険が問題となりうるのか分からなかった。

「ここに住んでくれるようにあなたから言ってもらえればいいんだけど」

そんな任務を仰せつかるとは。

「ホテルに住むのがジュヌヴィエーヴにとって良いとは到底思えないし……大変なのはよく分かってる……こちらが説得して、彼女にアルマイェ通り La rue d'Armaillé のあのおぞましいホテルを引き払ってもらうのに三か月掛かった。グルジエフ氏の集まりがあの辺りで行われていたのが幸いした……でなきゃイレーヌは一日中部屋から出たがらなかったんじゃないかな」

このイレーヌという人物がマドレーヌさんの人生に大きく関わっているのは間違いなかった。

「イレーヌさんの住んでいたホテルはグルジエフ氏の家から程近かったのですか」と僕は訊いた。

「五十メートルぐらいのところだった……彼女はグルジエフ氏からできるだけ近くにいたくてあ

のホテルに部屋を取ったの」

　そんな次第で、誰かとすれ違ったり、二、三度出会ったりするか、誰かがカフェや電車の通路で話しているのが聞こえたりすれば、その誰かの過去の切れ端をつかむには充分だった。僕のノートは匿名の人たちから発せられた言葉の端々でいっぱいだ。そして今日、他のページと同じような紙面に、僕は、マドレーヌ・ペローとかそんな名前の、ファースト・ネームさえろくに覚えていない女性と五十年近く前に交わした言葉を書き留めている。イレーヌ、アッシ、グルジエフ、アルマイェ通りのホテル……。

「ここに住んでくれるようにジュヌヴィエーヴに、あなたから言ってもらえればいいんだけど……」

　再び、彼女は小声で話しかけると、自分の顔をこちらの顔に近づけた。その目は真っ直ぐに僕を見ていて、痺れを起こさせるぐらいだった。それも、逃げようとしているのにその場に釘づけになって動けない夢の中にいるような。

　短からぬ時間が流れたに違いなかった。数時間のことだっただろうけど、思い出すには骨が折れる。記憶の穴というやつだ。日が落ちて、客間が薄闇に包まれても、僕はまだ彼女と赤いソファに座っていた。

　彼女は立ち上がって、二つの窓の間のフロアライトを点けた。書棚の方へ行くと、本を二冊抜き取った。

「どうぞ……他のも、また読みたくなったら……」

それは薄くて、むしろ小冊子みたいななりをしていた。アドリアン・メゾヌーヴ社から出ている鈴木大拙の『禅論文集 *Essais sur le bouddhisme zen*』の第二巻と、マリア・デ・ナグロウスカの『驚くべき愛の聖なる儀式 *Le Rite sacré de l'amour magique*』だった。以来、僕は五十年間ずっとこの二冊を持っていて、どうして本や事物にはこちらが放っていても全人生にわたってつきまとうものがある一方で、大切に思っていても無くしてしまうものもあるのだろうと、今にして思う。

玄関で、扉を開けて出て行こうとしていると、彼女は手を僕の腕に置いた。

「ジュヌヴィエーヴと落ち合うの？」

僕は、彼女がこちらを誘っているように見えただけに答えに窮した。

「その……彼女と一緒にここに住んでもいいってこと……あなたたちを迎え入れられたらとても嬉しいな、って思って……」

六年後、僕はジョフロア゠サン゠ティレール通りをモスク[*13]と植物園[*14]がある辺りまで進んでいった。一人の女性が、小さな男の子の手を引いて前を歩いていた。力みのない雰囲気には誰かを思わせるものがあった。僕は彼女から目を離せなかった。

歩みを速めて彼らに追いついた。女性の方を向いた。ジュヌヴィエーヴ・ダラムだった。僕たちは六年このかた会っていなかった。向こうは、僕たちが昨日も会っていたと言わんばかりの様子でこちらに微笑んだ。

「この辺りにお住まいですか」

僕はなぜか敬語だった。多分男の子がいたせいだ。そう、彼女はすぐ近くに住んでいた。僕は話を続けようとしたけれど、彼女には僕たちが黙って並んで歩いているのが自然なのだった。

僕たちは植物園へ入って、遊歩道を動物園まで行った。男の子は僕たちをよそに走っていってから、振り返って僕たちの方へ戻ってきた。彼は、自分が見えない追跡者から逃れなければならなかったらと想像していて、たまに樹の幹の後ろに隠れたりもした。僕は、息子なのかと彼女に訊いてみた。そうだ。結婚はしているのか。していない。彼女は息子と二人きりで住んでいた。

結局、僕たちはかつて知り合った通りで六年の後に再会して、それなのに時が経った気はしなかった。それどころか時は止まってしまっていて、僕たちは最初の出会いの場面を繰り返しているみたいだった。変化は一つ加えられていたけれど。子どもがいた。彼女とはこれからも出会うだろう、同じ通りで、毎日正午と真夜中に重なり合う時計の針みたいに。そもそも、ジョフロア゠サン゠ティレール通りのオカルト系の本屋で初めて彼女と会った晩、僕が題名に参って買った本が『永劫回帰 *L'Éternel Retour du même*』だったのだ。

動物園の檻の前に着くとその日に限って空っぽだったけれど、ヒョウが閉じ込められている一番大きな檻は別だった。男の子は立ち止まって、鉄格子越しにヒョウに見入っていた。ジュヌヴィエーヴと僕は、ベンチに座って見守っていた。

「『ジャングル・ブック』のせいで、あの子を連れてここの動物たちを観に来ることになっちゃった。あの子はこの本を毎晩読んでもらいたがるの」

空っぽの母の部屋の、セーヌ川に面した大きな窓の近くの棚を思い出した。ハンス・ファラダの小説と『ブラジュロンヌ子爵』の間に、挿絵入り版の『ジャングル・ブック』二巻がまだあるはずだった。勇気を出してあそこへ戻って、僕が間違っていないかどうか確かめてみなければ。

僕は彼女の突然の失踪についてなかなか尋ねられずにいた。ある晩、あのモンジュ通りのホテルへ行くと、彼女は部屋を「引き払った」と言われた。翌日、スタジオ・ポリドールでは、彼女の同僚の一人から冷たい声で、彼女は「休暇」を取っていると告げられた。ヴァル゠ド゠グラース通りのマドレーヌさんの家では、ドアベルがもう鳴らなくなっていた。僕はといえば、失踪には子どもの頃から慣れっこになっていて、正直な話、ジュヌヴィエーヴ・ダラムの件ではそこまで驚かなかった。

「つまりはさ、連絡先も知らせないまま行っちゃったってことだよね」。相手は肩をすくめた。とはいえ、こちらも説明が欲しいわけではなかった。男の子は僕たちの方へ来て、檻の扉を開けてバギーラと散歩すると言い放った。彼はあのヒョウをそう呼んでいた。『ジャングル・ブック』に出てくるヒョウの名前だった。それから彼は再び鉄格子の前に立って、バギーラが近づいてくるのを待った。

「ペロー医師のこと、何か聞いてる?」

疎遠な知り合いについて話しているような、どうでもよさそうな調子で、彼女は、ペロー医師はいまや、ヴァル＝ド＝グラース通りではなくて十五区に住んでいるとことわった。どうなってしまったのか気になっていて、その失踪が、決して明らかにし得ないと思われるような謎に包まれている人物が、単に区を跨いで引っ越しただけだったと知ったら、僕でなくても驚くだろう。「で、スタジオ・ポリドールではもう働いていないの?」。それが、彼女は相変わらずそこで働いていた。ただ、マドレーヌさんと一緒で、スタジオはもう同じ場所にはなかった。ド・ラ・ガール通りにあったのが、いまやクリシー広場の方へ移ってしまった。僕は、地下鉄の切符売り場の近くのあの乗り換え案内板を再び思い出した。各駅にキーボード上のボタン一つが対応していた。どこで乗り換えなければならないかを知るにはボタンを押せばよかった。すると道程がさまざまな色の光の筋として地図上に浮かび上がるのだった。ゆくゆくは、前に出会ったことのある人の名前を画面に入力するだけでよくなるに違いなかった。そうすれば赤い点がその人とパリのどこで会えるか示してくれるのだ。

「いつだったか」僕は言った。「弟さんに会った」。彼女は、お金をせびりに来られた朝以来、弟の近況を何も聞いていなかった。いつ僕が彼に会ったかって？　二、三年前。サン＝ミシェル通りを下っていて、「泉 La Source」のところまで来た。なぜかはよく分からないままに入れないでいた大きなカフェだ。豹柄のブルゾンが見えて、すぐに彼だと分かった。同年代の若者と一緒にガラスのはまっているファサードの後ろのテーブルに座っていた。彼は立ち上がると、ガラスを拳で二度叩いてこちらの注意を引いた。向こうが歩道にいる僕の方へ来ようとしたので、こちらはカフェの扉を押して相手を制した。夢で、早々に目が覚めるだろうと知りながら、危険と向き合っているときみたいだった。僕は彼らのテーブルの席に座った。「泉」の前を通ると毎回感じていた胸騒ぎの正体が分かった気がした。この店の中にいたら警察の手入れにだって引っ掛かりかねない。

彼は黒い手帳をジャケットのポケットから取り出して見返すと、皮肉めいた笑みをこちらに向けた。

「俺、ヴァル＝ドールの局番と一四一四をダイヤルしてあなたと連絡を取ろうとしたんですよ、何年か前にね。でも、どうやらあなたの電話にはつながらないみたいだった」

その僕は彼のすぐ向かいにいて、彼からジュヌヴィエーヴの消息や、事によると失踪の理由も聞けるのではないかと期待していた。

彼は友人を紹介した。その名は僕の記憶から離れなくなった。アラン・パルケンヌ。それから十年後にちっぽけな中古カメラ屋の看板で見ることになる名前だった。彼は多分、ワグラム通りでカメラをくすねていたのだろう。僕はその店に入って、この幽霊めいた人物にご挨拶したいという誘惑に駆られたのだった。

「ジュヌヴィエーヴ？　三年間会っていないって？　俺もですよ……タロットやら水晶玉やらにのめり込んでいるに違いないや。例によってさ……」

豹柄のブルゾンは初めて会ったときより擦り切れているようだった。片方の袖口には裂け目が、片袖には染みがあるのが見えた。アラン・パルケンヌはといえば、青白い、早々に老けた子どもみたいな顔をしていた。昔の馬丁や競馬騎手にいそうな顔だった。

「こいつ、カメラマンなんです」とジュヌヴィエーヴの弟は言った。「俺がエージェントに見せられるように「ブック」を作ってくれていて……俺、映画を作りたいんですよね……」

相棒は煙草を吸いながらこちらを眺めていて、まとわりつくような黒色のその目が僕には気障りだった。ジュヌヴィエーヴの弟は突然、アランに言った。「そろそろ電話を掛けてやつらに知らせてやらなくちゃ」

すると彼は立ち上がって、カフェの奥へ行った。

「分かっているんですよ、あなたなら、その気になれば僕を助けられるって……」と言いながら、ジュヌヴィエーヴの弟は背筋が寒くなるような目でこちらを見つめた。爆撃の後に死体あさりに掛かろうとしている人たちみたいに飢えた目だった。

「僕を助けてくれますよね？」。相手の表情はこわばっていて、何ともいえないやり切れなさがむき出しになっていた。相棒が僕たちのテーブルに戻ってきた。

「やつらには知らせたんだな?」とジュヌヴィエーヴの弟は訊いた。相棒は首を縦に振ると席に座った。僕は抑えきれないパニックに襲われた。どんなやつらに電話したんだ? 何を知らせるために? してやられたと思った。臨検の警察がすぐそこまで来ているのではないかとさえ感じていた。

「俺は、手を貸してくれるかどうかこいつに訊いてみた」と彼はこちらを指し示しながら言った。「そうだよなあ、手を貸すっきゃないぜ」と相棒はいやらしい笑みを浮かべて言った。「どっちみち、もう逃げ出せねえけどな……」

僕は立ち上がった。カフェの出口へ向かっていった。ジュヌヴィエーヴの弟が、こちらのすぐ後ろをついてきたかと思うと、行く手を阻んできた。もう一人は、こちらが後ずさりできなくしようとするかのように僕の背中側にぴたりと張りついていた。僕は思った。臨検に入られる前にここを出なければ。そこで僕は、膝と肩で鋭い一撃を食らわせて、ジェヌヴィエーヴの弟を突き飛ばした。それからもう一人の顔を拳で殴った。ようやく外へ出られた。僕は通りを走って下った。向こうは二人して追いかけてきた。クリュニーのカフェの辺りでようやく彼らから逃げおおせた。

★

「弟に声を掛けたのは、まあ失敗だったよね。私は、あの子はもういないものだと思ってる。あの子は何だってしかねない。エピナルで服役していたことだってあるんだから」

　彼女は声を潜めてこの言葉を口にした。男の子に聞かれまいとしているみたいだった。彼の方は相変わらず鉄格子に張りついてヒョウに見入っていたのに。

「息子さんの名前は？」と僕は訊いた。

「ピエール」

　この六年間の彼女の暮らしぶりを知ったのはそのときだった。二〇一七年二月一日現在、僕は彼女に的確な質問をしておかなかったのを後悔している。でもあの頃、僕には、向こうは答えてくれないか適当にはぐらかすかだろうという確信があった。「彼女ったらときどき自分の人生から少し脇にそれたところを歩いているみたい」とマドレーヌさんは前に言っていた。「夢遊病者」という言葉まで使っていた。子どもの頃に観て、演者の名前を記憶に留めているあのバレエが思い出された。ジュヌヴィエーヴは「自分の人生から少し脇にそれたところ」を歩いているかもしれないけれど、その足取りは軽やかでしなやかで、ダンサーみたいなのだった。

「もう学校には上がったの？」と僕はピエールを指し示しながら尋ねた。

「植物園の反対側の学校に通っているの」

　過去については、ここで話すには及ばなかった。もしこちらが六年前に遡って細々としたことをいくつか、たとえば、ド・ラ・ガール通りのカフェや、モンジュ通りのホテル、「ペロー医師」が顔をつないでくれた何人かの人たち、その医師のせいで僕たちが引きずり込まれた少しばかり厄介な状況などについてほのめかしたりしていたら、彼女をひどく驚かせてしまっていただろう。

彼女はきっとすべてを忘れてしまっていた。あるいは、遠巻きに見ていたのか。そういうことは月日が経つにつれて遠のいていったから。こうして風景も、しまいには霧の中へ消えていくのだった。彼女は現在に生きていた。

「時間があれば私たちの家まで一緒に来てくれない？」と彼女は言った。

彼女がピエールの手を取ると、彼は振り返って最後にもう一度檻の鉄格子へ目をやった。その向こうではバギーラが自身の「永劫」周回を続けていた。

★

僕たちは、自分たちが初めて会ったオカルト系の本屋の前を通り過ぎた。看板が出ていて、二時に開くということだった。二人してショーウィンドーに陳列されている著作を見た。『内面の力 *Les Puissances du dedans*』に、『導き手と踏破すべき道 *Les Maître et le sentier*』に、『不可思議な世界の冒険者たち *Les Aventuriers du Mystère*』に……。

「何冊か本を買いに今晩ここへ来てもいいかもね」と僕は彼女を誘ってみた。六時に待ち合わせで。そう、六年前のあのときと同じ時刻に。何と言っても、僕はこの本屋で、おかげさまでこちらが考え込む羽目になったあの本を見つけたのだ。『永劫回帰』。どのページを読んでいても、こう思ったものだった。もし人が、すでに生きてきたのと同じ時間、同じ場所、同じ状況を生き直せるとすれば、そして、それらが同じでありながら一度目よりずっとよく生きられるとすれば。

過失も、汚点も、無駄もなく……取り消し線だらけの原稿を清書するみたいだ……僕たち三人は、モンジュ広場のモスクのある辺りとピュイ＝ド＝エルミットの間の、僕が彼女と一緒によく横切っていた地区まで来た。

彼女は、バルコニーのある、他よりも重厚な建物のところで立ち止まった。「ここに住んでいるの」。ピエールは自ら両開きの門を押した。僕は彼らの後に続いて入っていった。人を訪ねようと、前世でここへ来たことがある気がした。「今夜六時に、あの本屋で」と彼女は言った。「その後は、ここで夕食を食べていってもらってもいいし……」

彼らは僕を建物の入り口に残して行った。僕は階段の下で立っていた。ときたま、ピエールは手すりの外へ頭を突き出した。僕がまだいるか確かめようとしているかのようだった。そのたびに、こちらは腕で合図を返した。そして向こうは、ジュヌヴィエーヴが部屋の鍵を開けようとしている間中、顎を手すりに乗せて僕をじっと見ていた。扉が彼らの手前で閉まるのが聞こえて、切なくなった。でも、建物を後にしながら、僕は、悲しむ理由などないと思い始めていた。もう数か月か、場合によっては数年にわたって、時が流出し、人と物が相次いで消失しようとも、不動点はあり続けるのだった。ジュヌヴィエーヴ・ダラム。ピエール。キャトルファージュ通り。五番地。

僕は思い出を整理しようとしている。それぞれがパズルの一片みたいだけれど、欠落がたくさんあるので、ほとんどが孤立している。三、四片集められることもあるけれど、それきりだ。だから、僕は無秩序の中からやってくる切れ端を、一連の名前やとても短い言葉を、書き留めている。それらの名前が磁石のように互いに引きつけ合って再び表へ現れ、そうした言葉の端々が、しまいには、互いに連なる段落や章を形作るよう願っているのだ。その間、僕は、昔の車庫にも似た記憶の貯蔵庫の一棟で、失われた人や物を探し求めて日々を過ごす。

デジョリ・ブリュス
エマニュエル・ブリュッケン（写真家）
ジャン・メイエール（青い目のジャン）
ガエル　および　ギー・ヴァンサン
アニー・ケズレー、マロニエ通り十番地
ヴァン・デル・メルヴェンヌ
ジョゼフ・ナス、モンテーニュ通り三十三番地
J・ド・フルーリー（本屋）、十九区、バスト通り二番地

オルガ・オルディネール、十五区、デュラントン通り九番地
アリアンヌ・パテ、カンタン＝ボチャール通り三番地
ダグラス・エベン
アンナ・セドネール
マリー・モリトール
ピエロ四十三……

手探りでこうした作業を進めていると、秘密の道へ誘ってくれる信号のように折々で存在を主張する名前がある。

そんなふうにして、何とはなしに疑問符とともに書き留めておいた「ユベルサン氏」は、まず、ぼんやりとした思い出を僕の内で呼び覚ました。僕はこの名前をリスト上に並ぶ他の名前と結びつけようとした。それらと「ユベルサン氏」の間に光の筋が現れるのではないかと思っていた。コルヴィサールからミケランジュ＝オートゥイユまで、もしくは、ジャスマンからフィーユ＝デュ＝カルヴェールまで行きたいときに最寄駅と乗り継ぎ駅を示してくれる、緑や赤や青のあの線のようなものが。リストの最下段を目前に、僕は自分が健忘症にでもなったのではないかと感じながら、凍って層をなしている忘却を穿《うが》とうと必死になっていた。すると突然、「ユベルサン氏」の名がマドレーヌ・ペローの名と結びついていると思い至った。実際、マドレーヌさんは僕たちを、ジュヌヴィエーヴ・ダラムと僕を、何度もこの人のところへ連れていってくれた。西側の地

区を通っている大きな通りの一本にある集合住宅だった。今さら通りの名前を書くのはためらわれる。あまりにはっきりとした詳細を示せば、五十年近く経った今でも身に危険が及びうるし、僕が関係しているとされている「案件」についてのさらなる「取り調べ」だって実施されかねない、という気がする。

ユベルサン氏を、もしかすると僕は、今日に至るまで、あの頃、そう、自分が十七歳から二十二歳になるぐらいまでの間に出会った他の人々と同様に記憶から消したいと思ってきたのかもしれなかった。

とはいえ、半世紀もすると、自分の駆け出しの頃を見ていた人たちはいなくなってしまうものだし、そうした人たちのうちでも、この自分と、もう名前さえ覚えていないような一人の若者に対して抱いているあやふやなイメージとをつなげられる者はそういないのではないか。

ユベルサン氏についての僕の思い出の方もかなりあやふやだ。端正な顔立ちの、短い褐色の髪をした三十歳ぐらいの女性だった。僕たちを連れ出しては、彼女の自宅近く、フォッシュ通りと垂直に交わる街路の一本で一緒に夕食を食べていた。凱旋門を背にして通りの左側だった。そうだ、場所の詳細を述べたところで恐れることはもう何もない。問題となっている過去はあまりに遠いのだから、法廷でいうところの大赦の範疇に入っていると思えばいい。彼女の自宅からレストランまでは歩いて行っていた。あの年、冬の中を。昨今の冬が穏やかに感じられるぐらい厳しかった先立つ年々の冬に劣らず寒くて、オート＝サヴォワで味わった冬みたいだった。あそこでは、夜になると、身を切るように冷たくて、澄み切っていて、天空の精気さながらにこちらを酔わせるような空気を吸うことになるのだった。ユベルサン氏は古めかしい型の毛皮のコートを着ていた。彼女は多分もっと中産階級らしい生活を、かつては営んでいたのだろう。散らかっている彼女の家の様子から判断する限りでは。近代的な建物の最上階にあって、その部屋の二つか三つには、絵画やら、アフリカやオセアニアの仮面やら、インドの織物やらが詰め込まれていた。

　この人については、大したことは知らない。僕たちがマドレーヌさんのお宅に初めて伺った晩に打ち明けられた話以外は。ユベルサン氏は一人暮らしで、アメリカ人男性と離婚していた。そして、ダンス界に知り合いがたくさんいるようだった。ある晩、彼女は、ラ・ヴィレット公園の池のほとりの、とある男性の家まで遠路はるばる僕たちを連れていった。彼女の話では、彼は毎年同じ日時にダンサーたちに敬意を表してパーティーを開いているのだった。そこは集合住宅のちっぽけな一室だったけれど、驚いたことに、僕が当時惚れ込んでいた花形ダンサーが揃っていて、なかには、後にカルメル会の修道女になったパリ・オペラ座バレエ団の若い女性ダンサーもいた。彼女は今でも生きていて、おそらくは、あの謎めいたバレエ愛好家の正体を明かしてくれるかもしれない唯一の人物だ。

　僕のノートに、十年以上前、二〇〇六年五月一日の日付とともに書かれたこんなメモがあった。「六〇年代には毎年、ダンサーたち（ヌレエフ[*15]、ベジャール[*16]、バビレ[*17]、イヴェット・ショヴィレ[*18]等）のために自宅でパーティーを開いていたトルコ人名の男。ラ・ヴィレット公園の池の端、つまりはウルク運河沿いに住んでいた」。そのうえ、この思い出が本物だと信じたいがために、僕はこの男の名前と住所を人名録で探したのだった。その証拠に青ボールペンでこう書き留めてある。

ジロンド河畔十一番地（十九区）

アムラン・R・コンバ　局番＋七三一四

ムヤル・マタティア・コンバ　局番＋八二〇六（一九六四年度人名録より）

この住所とこれら二つの名前の上には疑問符が、同じ青インクで書かれている。

僕はユベルサン氏にもう一度だけ、一九六七年八月に会っているはずだ。

ただ、この再会について思い起こす前に、これは言わせていただきたい。パリの街路で同じ人、それも知らない人たちと何度もすれ違うというのは、僕にはよくあることだった。あまりによく出くわすので、彼らの顔に親しみさえ覚えてしまっていた。相手の方はこちらのことなどお構いなしで、僕一人がこうしたつかの間の再会に気づいていたのだと思う。そうでなければ、挨拶を交わして話を始めていただろう。一番面食らったのは、同じ人にしばしば、互いに遠く離れた異なる地区ですれ違うことだった。必然とは言わないまでも、偶然のめぐり合わせが知り合いにならせようとしているかのように。そして毎回、すれ違っても声を掛けずじまいになって、良心の呵責を覚えていた。交差点からは数多《あまた》の道が出ていて、僕はそのうちの、おそらく正しいであろう道を見過ごしたのだった。気休めに、僕はその場限りの出会いについてノートに几帳面に書きつけていた。それも、正確な場所や名も知らぬその人の見た目が分かるように。そんなふうに、パリには、僕たちの人生に作用していたかもしれない地点や、僕たちの人生が取っていたかもしれないさまざまなかたちが散りばめられている。

それで、ユベルサン氏とは、その年の八月にもう一度だけ出会った。グーヴィオン＝サン＝シール通りに面している小さな広場の辺りの、並び立つ建物の小さな一室に住んでいたときだった。

その夏はとても暑くて、辺りには人気《ひとけ》がなかった。街の中心でちょっとした賑わいを楽しもうと地下鉄に乗ってみる気にさえ、もうならないのだった。いや増すだるさをやり過ごしていた。グーヴィオン＝サン＝シール通りで唯一開いていたレストランは妙な名前だった。「鳥獣たちの通り道 La Passée」。僕は、そこへ入っても浮いてしまうのではないかと怖かった。怪しげな客たちがポーカーをやるために集まっていると思っていたけれど、その夜、僕は意を決して扉を開いた。

「鳥獣たちの通り道」の装飾は田舎の宿屋そのものだった。バーが入り口近くにあって、続く二間を抜けると小さな庭があった。不意に、この八月に覚えていた違和感が強くなって、後退りしてできるだけ速やかにグーヴィオン＝サン＝シール通りの歩道へ出て、ポルト・マイヨ方面へ走っていくまばらな車の音の中に戻りたくなるほどになった。でも、女性が一人来て、僕を奥の部屋へ案内すると、庭のすぐそばのテーブルを指し示した。

座っていると、夢に絡め取られたような感じがした。おそらく、誰にも話しかけない日々が延々続いたせいだった。こんなにも「世界から切り離された」という表現がしっくりきたときはなかった。女性が一人いる他には、客は誰も部屋の奥にはいなかった。その人は、八月のさなかにあっては驚くべきことに、毛皮のコートを着ていた。向こうはこちらの存在に気づいていないようだった。ユベルサン氏だった。彼女は変わっていなかったし、彼女が着ていた毛皮のコートも三年前のものと同じだった。

「ユベルサンさんではないですか」

相手は目を上げてこちらを見て、それでも僕のことが分からないみたいだった。

「僕たち、三年前によく会っていましたよね……マドレーヌ・ペローさんも一緒に……」

彼女はこちらを見つめたままで、僕は、こちらの話が伝わっていないのではないかと思った。

「ええそれは……もちろん……」と彼女は出し抜けに言った。一時その場から消えていたかのようだった。「マドレーヌ・ペローさんも一緒にね……それで、マドレーヌさんのことは何か聞いていらっしゃる？」

彼女が何とか話を続けようとしているのは明らかだった。深い眠りから、あまりにも手荒なやり方で彼女を目覚めさせてしまったばかりの僕には。

「いえ、何も」

相手は気まずそうな笑みを浮かべた。言葉を探しているのだった。

「覚えていらっしゃるでしょうか」と僕は言った。「僕たちをパーティーへ連れて行ってくださいましたよね……ダンサーたちが一堂に会している……」

「ええ……ええ……もちろん……あのパーティー、まだ毎年行われているかしら……」

その話しぶりからはとても遠い出来事に思えたけれど、実際には三年経つかどうかで、それでも彼女にとっては、今の自分の生活とは何の関係もない話だった。僕にしても、あの冬の夜の、ラ・ヴィレット公園の池の上の方、ウルク運河沿いでのことを思い返すと同じように感じてしまうのは認めざるを得ない。招待客皆が狭い集合住宅の二部屋の床に座っていて、月は満月だった。

「今でも同じ場所に住んでいらっしゃるのですか」

もしかすると、きちんとした答えを聞いて、幽霊を前にしているかのような気分とおさらばしたくて、僕はこんなことを尋ねたのかもしれない。

「ええ、相変わらず……」

相手は懐かしい笑みを漏らした。もう幽霊みたいではなかった。

「おかしな人、そんなことを訊くなんて……そういうあなたも、相変わらず同じ場所に?」

こちらをからかっているようだった。

「座ってくださいな。何か注文したいんでしょう……私は食べ終わったけど……」

僕は彼女の向かいに座った。少しするともう、電話しなければならないからと言ってお暇《いとま》したい気になっていた。それが、一度座ってしまうと、立ち上がって部屋を横切って出口へ向かうのが厄介に思えてきた。体に力が入らないのだった。

「毛皮のコートのことはどうか気にしないで」と彼女は言った。「気温が下がると思ったから着てきたの。見当違いだったわ」

説明するには及ばなかったのに。人と向き合うからには、あるがままに相手を見るべきだ。毛皮のコートを着ていようといなかろうと。必要があれば、さりげない質問をそっと、警戒されないように投げてみて、相手を分かっていけばいい。それにしても、僕はこれまで彼女に三、四回しか会っていなくて、それが三年もの後に再会するなどと想像できただろうか。会って一緒にいた時間もあまりに短かったし、早々に忘れ去られると思っていた。

「で、どうしてこの場所を知ったのですか」と僕は訊いた。「「鳥獣たちの通り道」を、ってことですけど」

「友人が何度も連れてきてくれたの。でもその彼は休暇で出掛けてしまっていて……」

彼女はしっかり、はっきりとした声で話していたし、彼女が言ったことは筋がきちんと通っていた。時が止まったかに思えるこの季節そっくりの姿をした、八月のパリやつかみどころのない幾多の場所、生活が調子を、街がいつもの様子を取り戻すとすぐに消えてしまうような場所で、独りぼっちになっている人はいるものだ。

「夕食は召し上がらないのね。飲み物はいかが？」

彼女はテーブルの上の水差しを取ると、何かを大きなグラスに注いでくれた。水だと思っていたのが、一口飲むなり驚いたことに、とても強い酒だった。それから彼女は自分の分を注ぐと、一口ではなくてグラスの半量を一気に、少し頭を傾けて飲んだ。

「飲まないの？」。がっかりしているようでも、気まずいようでもあった。僕に置いてきぼりにされたと言わんばかりだったので、こちらもグラスを空にした。

「ね」と彼女は言った。「暑くてもやっぱり温まらなくちゃ」

相手は、まだ言うことがあるのにすぐにはそうしないで言葉を探しているようだった。

「頼っていいかしら……」

彼女は、気力を奮い立たせようと僕の手の上に自分の広げた手を置いた。

「外が暑くても関係ない。私の心にはいつも冷え切っている場所があって……」

彼女は、恥ずかしがっているようでも、何かを問いかけているようでもある眼差しをこちらへ向けて、安心させてくれるであろう返答、いや、むしろ診断を待っていたのだった。

★

僕たちは「鳥獣たちの通り道」を出た。彼女は、グーヴィオン＝サン＝シール通りを行く間中、こちらの腕にもたれかかっていた。そよ風が吹いていた。二週間ぶりだった。

「結局、毛皮のコートを着てきて正解だったね」と僕は言った。

彼女はどうも家へ歩いて帰りたいらしかった。ところが僕たちは道を間違えていた。気づいたのは僕だった。

「ちょっと歩いてみたいな、最初のタクシー乗り場まで」

この季節の、この遅い時間に、グーヴィオン＝サン＝シール通り沿いには人も車も何も、もう通っていなかった。おかしなものだ。今こう書いていても、僕には僕たちの、いや、むしろ彼女の足音が、人気のない歩道に響いているのが聞こえている。僕たちは僕の住む建物がある広場のところまで来ていた。一瞬、僕の部屋で人が待っていることにしてお暇したい気になった。あの、屋根裏の、あまりにも小さいので、入るなり額を梁で打たないようにしてベッドに倒れ込む羽目になるような部屋で。と、こう考えていると、吹き出さずにはいられなくなった。相手はこちらの腕にますます体重を掛けてきた。

「何がおかしいんですか？」

どう答えるべきか分からなかった。彼女は本当に返答を待っているのか？　そうこうしているうちに、空いている手で、彼女は毛皮のコートの襟を立ててしまっていた。そよ風がにわかに冷たくなってしまったとでもいうかのように。

「今でもご自宅にはアフリカやオセアニアの仮面が？」と僕は訊いた。沈黙を破りたかった。

相手は立ち止まると、驚いた様子で顔を背けた。

「覚えてらしたんですね……」

覚えていたも何も……でもこれに限らず僕は、自分の人生の細々としたこと、そう、忘れようとした人たちなどについて覚えている。そうした記憶にたどり着いたのだった。こちらが望まなかろうと、数十年が経っていようと、そういうのは溺死者のように、街路の角に、一定の時刻になると浮かび上がってくるものだ。

僕たちはポルト・ド・シャンペレー駅の辺りにいた。タクシーが一台、煉瓦のファサードがある建物の群れの前にある乗り場で待機していた。

「一緒に来てくれませんか」と彼女は僕に頼んだ。

再び、自分の部屋で人が待っていると言ってしまいそうになった。それが突然、彼女を騙すことに後ろめたさを感じてきた。人を追い払う嘘なら、もう散々ついてきた。出口が二つある建物を通っては人を道端に置いてきぼりにし、約束を重ねてはすっぽかし……。

僕は彼女と一緒にタクシーに乗った。相手の家まではとても近いだろうし、そこから歩いて戻ればいいと思った。

「ヴェルサイユの、レーヌ通りまで」と彼女は運転手に言った。

僕は黙っていた。彼女が何かしら説明してくれるのを待っていた。

「家へ帰るのが怖いの。さっきの仮面の話だけど……こちらを見てくるの。よからぬことを考えているんじゃないかしら……」

相手の声があまりに低くなったので、うろたえた。それからどうにか声を取り戻した。

「思い過ごしだと思いますよ。あの仮面たちはこちらが思うほど意地悪じゃ……」

でも、彼女はちっとも笑いたい気分ではないのだった。タクシーはグーヴィオン＝サン＝シール通りへ入っていて、僕たちがさっき歩いたのとは逆の方向へ進んでいた。僕たちは僕の住む建物がある広場のところまで来ていた。

「家へ帰らなくちゃ」と僕は言った。「丁度ここなんです。右手に……」

「そんなこと言わずにヴェルサイユまで一緒に来てください」

相手は有無を言わせない口調で、こちらの良心が試されていると言わんばかりだった。タクシーは消防署の大きな建物の前の赤信号で停まっていた。扉を開けて手短に挨拶しておさらばしたい気になった。それを僕は、ヴェルサイユまでの道中にはそのためのタイミングなどいくらでもあると自分に言い聞かせた。前に読んだ『夢の操縦法』を思い出した。夢はいかなる瞬間にも中断させられるし、筋書きを方向転換させることだってできる。そうなるとこちらは、タクシーの運転手が彼女の住む建物の前で早々に僕たちを降ろしてくれるように少しばかり念じさえすればいいことになる。ヴェルサイユまで行かなければならないことなど忘れてしまえ。運転手も、ユベルサンさんも。

「本当に家へ帰りたくないんですか」と僕は小声で言った。

顔をこちらに近づけると、今度は彼女が小声で言った。

「あなたには分かりっこない。あそこへ毎晩戻るのが……あの仮面たちの中で独りぼっちにされるのがどういうことか……それに、いつの頃からかエレベーターに乗るのも怖くなったし……」

僕は、彼女が自宅へ独りで帰ってくると感じる強い不安を分かるには、まだあまりに若かった。こちらは、エレベーターに乗って、それからちょっとした階段をはい上るように上がって、廊下伝いに、立っていることさえままならないあの屋根裏部屋へ行こうと平ちゃらだったのだ。そして、あの頃のユベルサン氏より四十歳近くも年上になった今となっても、彼女の歳であのような戦慄《おのの》きに襲われるがままになっているのは奇妙に思える。あるいはもしかすると、「若者にありがちなお気楽さ」のような類《たぐい》の観念は信じ込むべきではないのかもしれない。

僕たちは「鳥獣たちの通り道」のすぐ近くの赤信号でも停まった。途中で――僕は思った――この車を出る機会をくれる赤信号が他にもあるはずだ。似たようなことなら前にもしでかしていた。二度、毎日曜の晩、中学へと僕を連れ戻す車から抜け出したことがあったし、もっと後、それから二十年ほどして、酔っ払いの運転するシボレーに、何人もの人たちと一緒に夜更けに乗っていたときにも。幸いにも、扉はすぐ横にあった。

「本当に家へ帰りたくないんですね？」と僕はまたユベルサン氏に訊いた。

「今はね。明日、夜が明けたら帰る」

僕たちはブーローニュの森の端まで来ていて、彼女は目を閉じていた。僕は扉がロックされていないかどうか確かめた。たまに、夜、タクシーではそういうことがある。大丈夫だ。決行まではまだ少しばかり猶予があった。

ポルト・ドトゥイユのところで、彼女の頭がこちらの肩に落ちかかってきた。眠ってしまったのだ。車を出るなら本当にそっと、滑るように座席を動いて、扉の音も立てないようにしなければならないだろう。肩の上にあってこんなにも軽い彼女の頭は、彼女からの信頼の証のようなものだったし、そうした信頼を裏切るのは気が咎めた。ポルト・ド・サン＝クルー[*19]だ。いよいよセーヌ河を越える。トンネルへ入って、高速道路A十三号線に乗る。そこからはもう、赤信号はない。

人生のこの時期を通じて、十一歳以来のことではあるのだけれど、遁走は重要な役割を担っていた。寄宿舎からの遁走、兵役のためルイィの兵舎に出頭するはずだった日の、夜行列車でのパリからの逃走、すっぽかした約束やら、「お待ちください、煙草を買ってきますので……」といった、姿をくらますためのお定まりの台詞の数々、それに、何十回となく言っておいて、決まって反故《ほご》にした「すぐに戻ります」という言葉。

今、僕はそうしたことに対して良心の呵責を覚えている。内省の才はさほどないながらも、なぜ遁走が僕の生活様式ともいうべきものになっていたのか分かりたいと思っている。百日咳[*20]、水痘、猩紅熱といったおかしな名前のついた小児病に類するものなのか？ 個人的な話は抜きにして、僕は遁走についての概説を書きたいとずっと夢見てきた。レ枢機卿、ラ・ブリュイエール、ラ・ロシュフーコー、ヴォーヴナルグなど、思春期以来その文体を敬愛しているモラリスト[*21]や回想録作者の作風をまねて。でも、僕に分かるのは正確な場所と日時のような具体的詳細ばかりだった。特に、一九六五年の夏のあの午後については。僕は、サン゠ミシェル通りが始まる辺りにあって、界隈の他のカフェの中で浮いている狭いカフェのカウンターのところにいた。学生の客はいなかった。ピガールやサン゠ラザールにありがちな奥に長い店だった。僕は、自分が流されるがままになっていて、すぐにどうにかしなければ流れにさらわれてしまうだろうと、その午後に悟ったのだった。僕には、自分は危険なことなど何もしていないし、免疫のようなものに守られている、という自信があった。僕は、パリの夜の謎に分け入った十八世紀の作家[*22]が自らに与えた異名を借りるなら「夜の傍観者」なのだから。ただ今回は、その好奇心が少し行きすぎた。「身の危険」と俗に言われるものを感じた。面倒を抱えたくなければできるだけ早く消え去るべきだ。これはいつにも増して意味のある遁走になるだろう。もう落ちるところまで落ちたのだし、あとは水底を踵で大きく一蹴りして水面へ再び上がってくるしかないのだった。

その前日にはある出来事が起こっていて、僕はそれを小説の一章で、二十年後の一九八五年にほのめかすことになった。告白半分で白紙に黒い文字を書いていくのは、僕にとっては重荷を投げ捨てる手段だった。でも二十年という期間はあまりに短いから、目撃者の何人かはまだ残っているだろうし、司法による罪人や共犯者の追跡が打ち止めになって、剝ぎ取られることのない大赦と忘却の覆いが彼らに掛けられるまでの期間がどれぐらいなのかだって分かったものではなかった。

★

同じく一九六五年の六月の夜更けに、その数週間前に初めて出会った、名前を言うのは憚られる女性――というのも、あまりにはっきりしたことに触れて人物を特定されてしまわないように、五十年後の今でも僕は用心しているので――が電話を掛けてきて、ロダン通り二番地の、マルティーヌ・ヘイワードが住んでいる部屋で「不測の事態」が起こったと告げた。僕たちが知り合った場所であり、このヘイワードさんが「夜のさすらい人」と呼ぶ雑多な人たちが日曜の晩に集まっている場所だった。女性は、どうかこちらまで来て一緒にいてほしいと言っていた。

その客間へ行くと、「夜のさすらい人」連中のうちで一番厄介な人物、ルド・Fの遺体が絨毯に横たわっていた。「図らずも」殺してしまった、とのことだった。「書棚で見つけた」ピストルをいじっていたのだった。彼女はバックスキンのホルスターに収めていたその銃を差し出した。でもなぜヘイワードさんの部屋にルド・Fと二人きりで？「ここから遠く離れた、戸外のどこかで」洗いざらい話すと彼女は言った。

建物の明かりは点けずに、僕は彼女の腕を取って、暗がりで階段を下りるのを手伝った。エレベーターを使うよりはましだった。一階に着くと、管理人室の扉にはまっているガラスから光がこぼれていた。両開きの表門の方へ彼女を連れていくと、管理人室の前を通っているときに、小柄で、褐色の髪を短く刈った男がそこから出てきた。向こうが薄暗がりの中でこちらを見ている間、こちらは門扉を手探りで開けようとしていた。扉にはロックがかかっていた。一瞬、といってても僕には永遠に思われたあの一瞬の後に、壁に扉の開ボタンがあるのを見つけた。押すと解除音がして、扉が開いた。僕は、なるべく仕損じないようにすべての動作をゆっくりと行いながらも、髪の短い小柄な男から目を離さなかった。近寄るなと言わんばかりに、そのくせ相手がこちらの顔をはっきりと覚えられるようにしようとしているかのように。待ち切れない様子だったので、僕は彼女を先に行かせてから、彼女を追う前に、門のところで数秒立ち止まって管理人を見つめた。僕は彼がこちらへ向かってくるのではと身構えていたのだけれど、向こうはやはり立ち止まったままこちらを見ていた。時が止まったようだった。彼女は十メートルほど先へ行ってしまっていて、追いつけるかどうか、もう分からなかった。こちらの足取りがゆっくりなだけに。歩みがだんだんゆっくりになっていって、足元がおぼつかないままに、体の動きがどこまでも細かく分解されていく気がしていただけに。

★

僕たちはトロカデロ広場に着こうとしていた。午前二時頃だった。カフェはすべて閉まっていた。だんだん落ち着いてきて、ヨガのトレーニング中みたいに意識的にそうしようとしているわけでは全くないのに、呼吸も深くなってきた。どうしてこうも心穏やかなのか。この広場の静けさと澄み切った空気のせいだろうか？　オート＝サヴォワの山道の空気ぐらいきれいで冷たいような気がする。これもきっとエルヴェ・ド・サン＝ドニの『夢の操縦法』のせいだった。数日前に読み始めて、この時期ずっと愛読書にしていたのだった。僕が自分の落ち着きを伝えてしまい、それで彼女は僕と同じ足取りで歩いているのではないかと思っていると、彼女が、僕たちは実のところどこへ向かっているのかと訊いてきた。あまりに遅すぎる時間なので、モンマルトルのホテル、オテル・アルジナや、サン＝モール＝デ＝フォセの彼女の家へは戻れなかった。トロカデロ広場へ出る通りの一本の最奥にホテルの看板があるのが見えた。でもこちらのジャケットのポケットにはバックスキンのホルスターに入ったピストルがあった。僕はそれを捨てられるような側溝の開口部を探した。僕はそれをいまや手に持っていたので、彼女は不安そうな目でこちらを見てきた。僕は彼女を安心させようとした。広場には僕たちしかいなかった。それに、もし、たまたま誰かがどこかの建物の暗い窓辺で僕たちを見ていたところで、それがどうだというのか。その人は僕たちに何もできやしないだろう。エルヴェ・ド・サン゠ドニの言によるならば、ちょっとハンドルを切るように、夢の筋書きを方向転換させさえすればよいのだった。そうすれば車は衝撃なく走っていく。当時のアメリカ車には、静かで、水面を滑っているのではないかとまで思わせるようなものがあったっけ。

★

広場を一周し、僕はついに、海洋博物館の前にあったごみ箱の奥底にピストルを捨てた。そして、例の看板を掲げている小さなホテルのある通りへ入った。オテル・マラコフ Hôtel Malakoff。以来、僕はその前を通り過ぎるようになって、一九六五年六月のこの夜に劣らず暑かった五年前のある晩などは、入り口のところで立ち止まって、部屋、それもあわよくばあのときと同じ部屋に泊まってやろうかと考えてしまった。そうすれば宿泊者名簿のページをめくって、僕の名前が一九六五年六月二十八日付で今も残っているのか確認する口実ができる。でも、彼らが取り置いている古い名簿を、いわゆる「風紀警察」の人たちはときどき確認しているのではなかったか。

五十年前のあの夜、ホテルの受付には、遅い時間だったので夜勤係の男性一人しかいなかった。彼女は離れたところにいたので、僕が名簿に自分の姓名と生年月日とを書くと、夜勤係は何も求めてこなかった。本人確認に必要な書類さえ。夢とその扱いに通じているエルヴェ・ド・サン＝ドニがその場にいれば僕のためらいを分かってくれたに違いなかった。文字を、できることなら太い線と細い線を織り交ぜたかったところが、ボールペンだったので無理だったけれど、それでも書きつけていると、いつになく気分が落ち着いて、心が静まってくるのが感じられた。ルド・Fが、絨毯に横たわって二度と覚めない眠りについているロダン通り二番地を、住所欄にしれっと記しさえしたほどだった。

★

翌日、サン＝ミシェル通りが始まる辺りにあるタバコ屋兼カフェで僕をとらえた強い不安は薄らいでいた。もしかするとあの不安は、近くに裁判所と警視庁があったせいかもしれなかった。ほんの近く、橋の逆側に見えていた。捜査官がサン＝ミシェル広場のカフェのいくつかに出入りしているのは分かっていた。以来、僕たちはモンマルトルに留まっていた。その方が安全な気がしたし、そうしていればあの夜の出来事が現実だと思わずに済んだということなのだろう。

あの日々について思い出すのはためらわれる。若かりし頃のある時期において最も記憶されるべきであり、それを締めくくることになった日々であるし、そのうえ、変わらずに残っている記憶が何もない。僕たちがほとんど知らないあの男、ルド・Fの死が、不適切な言動に対する戒めの役割を果たしたのだろうか。あの出来事からさらにいくらか経つと、僕はたびたび、何発かの銃声に叩き起こされるようになったけれど、一瞬の後には、それらが実際の生活空間においてではなく夢の中で放たれたのだと分かっていた。毎日、オテル・アルジナを出ると、コランクール通りの小さな店で新聞を買っていた。フランス＝ソワールとか、ロロールとか、あらゆる三面記事が載っているものを。そして、彼女に気づかれないようにして読んでいた。心配させないためだった。ルド・Fの件については何も書かれていなかった。してみると、誰も彼に関心がないのだ。でなければ取り巻きの連中がその死を隠しおおせたか。おそらく事件に巻き込まれるのは避けたかっただろうから。コランクール通りのもう少し上の、ビストロ「夢へ Au Rêve」のテラスで、僕は、僕が彼女に出会ったあそこで日曜の夜に開かれていたパーティーにいた、その取り巻きたちの名前を思い出しては、買った新聞の余白に書いたものだった。

そして五十年後の今、僕は再び、それらの名前のいくつかを、こうして書いているこの紙に書きたくてたまらなくなっている。マルティーヌおよびフィリップ・ヘイワード、ジャン・テライユ、アンドレ・カルヴェ、ギー・ラヴィーニュ、ロジェ・ファヴァールと、そばかすのある、灰色の目をした彼の妻……等々……。

この五十年間、彼らの誰も近況を知らせてくれなかった。あの頃、彼らには僕が見えていなかったに違いない。あるいは単に、沈黙はときに計り知れないところで僕たちを動かしているということか。

一九六五年、六月、七月と、モンマルトルでの夏の日々は過ぎた。どの朝も午後も陽が射していて互いに似たり寄ったりだった。穏やかな時の流れに身を委ね、沈まないようにしてさえいればよかった。しまいにあの死人のことは忘れるだろう。当の彼女も、自分がド・ポンテュー通りの化粧品店で働いていたときに彼と出会ったという以外に大したことは知らなそうだった。彼が店へ入って話しかけてきた。すると今度はこちらが、いつも自分がサンドイッチの昼食を取っている、店の近くのカフェで彼に出会った。彼は、ロダン通りの、マルティーヌ・ヘイワードが開いていたあの日曜の晩のパーティーへ何度も連れて行ってくれた。僕と知り合ったところだ。と、まあこんなところ。あと、あそこで、いつだったかの夜に起こったことは「不測の事態」だった。彼女の方も、それ以上のことは言いたくないのだった。

★

あの夏を思い出すと、それが人生の他の部分から切り離されてしまっている感じがする。括弧に入れられているか、代わりに中断符《リーダー》が書き込まれているかのように。

数年の後、僕はモンマルトルに住んだ。ド・ロリアン通り九番地に、そのとき愛していた女性と一緒に。界隈はもう前のようではなかった。僕にしてもそうだった。街も僕も、自分たちの潔白をすでに取り戻していた。ある日の午後、僕は「オテル・アルジナ」の前で立ち止まった。分割されて集合住宅になっていた。僕が記憶の中に見ていた、あの一九六五年の夏のモンマルトルが、急に架空の街になった気がした。これでもう何も恐れることはないのだった。

僕たちが、クリシー通りの中央分離帯で示されている、街区の南側の境を越えることは滅多になかった。コランクール通りが走っているかなり狭い区域に留まっていた。その七月、オ・レーヴのテラスにいたのは僕たちだけだった。午後に、通りをもう少し上った、ラマルク・コランクール駅のところの階段の途中にあるカフェ「サン・クリストバル」の薄暗がりにいたのも。僕たちはいつも、同じ場所で、同じ時間に、同じような陽の下で、同じようなことをしていた。夏の盛りの、人気のない通りを覚えている。そこには、しかし不穏な空気が漂っていた。電気も消さずに立ち去ったあの部屋の、絨毯の上の屍……昼日中に電灯で明るいままになっている窓。危険信号みたいだ。僕は考えていた。なぜ自分が管理人の面前であんなにも長い間動かずにいたのか。そのうえ自分の姓名とロダン通り二番地のあの部屋の住所をオテル・マラコフの記入用紙に書くなんて、ずいぶんなことをしでかしたものだ……あの場所で同日の夜に「殺人」事件が起こっていることに思い至る人もいるかもしれない。記入用紙を埋めていたときに、僕は目眩にでも襲われていたのか？　でなければ、一緒にいてくれるよう頼む電話を彼女が掛けてきたときに読んでいたエルヴェ・ド・サン゠ドニの著作のせいで頭が鈍ってしまっていたか。僕は自分が悪夢を生きているのだと信じ込んでいた。危険など何もないように思えた。僕はこの夢を望む方向へ導けるのだし、何なら今すぐに目を覚ますことだってできるのだった。

ある日の昼下がり、僕たちは、陽の射す人気のないコランクール通りを上っていて、自分たちしかモンマルトルに住んでいないかのように感じていた。僕は気休めに、シエスタの時間に地中海の小さな港町に来てしまったみたいだ、と彼女に言った。サン・クリストバルには誰もいなかった。僕たちは窓際の席に座った。色つきの窓ガラスのせいで室内は薄暗かった。涼しくて、水族館の奥深くにいるかのようだった。「これは悪夢だ。悪夢に過ぎない……」。僕はいつしか大声になっていた。絨毯の上のルド・Fの遺体と消さなかった部屋の電気は……彼女は僕の手に自分の手を重ねた。「終わりにしましょう」と彼女は小声で言った。それまで僕は、彼女の方があのことを考えないようにしようとしているのだと感じていて、初めの頃は、ルド・Fの名前が載っている囲み記事が出ているのではないかと怖くて毎朝新聞を読んでいることも言えずにいた。ところが、彼女の心配事は僕のそれでもあったのだ。僕たちはそれを口で伝える必要はなくて、視線を交わしさえすればよかった。たとえば、僕たちがジュノー通りのオテル・アルジナへ帰ってきてエレベーターに乗ったときのこと。ガラスのはまった両開きの扉がついている、明るい色の木でできたエレベーターだった。あの頃はまだそんなものがあったのだ。それがあまりにゆっくりと昇っていくものだから、階の間で停まってしまうかと思われた。警察官が一人、部屋の扉の前で僕たちを待っているのではないかと怖くなった。丁度、一人が下でホテルの受付に張りついていただけに。彼らはサン＝ミシェル広場のカフェに出入りしているのと同じ人たちだった。とらえた会話の切れ端から彼らが警察官だと断じたのだった。彼らが探しに来たのは僕だった。僕の名前を知っていたのだ。彼女は大丈夫だ。今すぐ、エレベーターの中でそう言ってあげたいぐらいだったけれど、エレベーターが僕たちの部屋の階に着いてしまった。扉の前には誰もいなかった。部屋にも。差し当たり今回は無事だった。また、何とか「夢の筋書きを方向転換させ」おおせた。エルヴェ・ド・サン＝ドニの言によれば、そういうことだった。

晩に僕たちが行っていたレストランは二軒あった。一軒はコンスタンス通りとジョゼフ＝ド＝メーストル通りの角に、もう一軒はコランクール通りの端の、階段の下の辺りに。どちらのレストランも混んでいて、昼の人気のなさとは対照的だった。人の間なら目立たずに通っていけたし、賑やかな彼らの会話は僕たちを守ってくれていた。客は真夜中までやって来たし、テーブルは歩道にまで出されていた。僕たちはヴァカンス客と思われる彼らに混じってできる限り遅くまでそこにいた。つまるところ、僕たちにしても休暇中なのだ。午前一時頃、オテル・アルジナへ帰るときに、僕たちはどちらからともなく視線を交わしていた。人気のないジュノー通りを上って、受付カウンターの前に誰がいるか分かったものではないホテルのエントランスホールを抜けていかなければならないだろうと考えていたのだった。この時間には、僕たちはエレベーターに乗らないようにしていた。帰ってくると、少しの間、部屋が静かで落ち着かなかった。僕は扉のそばに控えて、廊下を行き来する足音に耳を澄ましていた。要は、夜、あのレストランにいるときみたいな、周りにたくさん人がいるときが一番落ち着くのだった。ヴァカンス客みたいな顔をして、パンプロンヌの浜辺で夕方まで過ごした人たちに混じって。そうしていれば差し障りのありそうな懸案事項さえ話せた。僕たちの声は他の人の声に紛れたし、多少なりとも曖昧な言葉を使うようにしていたし、万一、近くのテーブルの人たちがこちらの話に厚かましくも耳をそばだてていたとしても大したことは分からないような、遠回しな言い方しかしなかったのだ。僕たちはいくつかの語を省いて、いわば伏せ字にして話していた。ルド・Ｆについては彼女にもう少し説明してもらいたいところだった。彼女はそれと認めたがらないけれど、彼女の方が彼との付き合いは長かったはずだから。彼らがド・ポンテュー通りの化粧品店で出会ったというのもどこか嘘っぽい感じがした。話から何かが欠けているのは確かだった。僕は、こちらに返答するにあたって彼女が隠し事をしているのを感じていた。実のところ、僕の心配の種は、誰かが彼女と、僕たちが「あの死人」と呼んでいた男とを関連づけるのではないかということだった。彼女が「あの死人」のもとへ通っていたという明らかな証拠はあるのか。手紙とか？　彼女の名前と住所が男の手帳に書きつけてあったりしたら？　他の人たちは、もし彼女と、彼女の「あの死人」との関係について尋ねられたらどんな証言をするだろうか。こうした質問のいずれもに対して、彼女はただ肩をすくめていた。ロダン通り二番地の、マルティーヌ・ヘイワードが住んでいる部屋で開かれていた日曜の晩のパーティーに出入りしていた人たちについてはあまり知らないようだった。アンドレ・カルヴェ、ギー・ラヴィーニュ、ロジェ・ファヴァールとその妻、ヴァンサン・ベルレン、マリオン・ル・ファトバンといった、前に新聞の余白に殴り書きして、この文章を書きながら改めて虚無から引っ張り出してきている名前を僕が口にすると、彼女はそのたびに首を横に振った。彼女の話では、大体、彼女については誰も何も知らないし、彼女に関する証言などできないのだった。彼女は、小声で何かを言い足そうとしているかのようにこちらへ身を乗り出したけれど、心配は無用だった。近くの人たちは大声で話していたし、そのときは、毎夜同じ時刻にやって来ては、ロベルト・ムローロのカンツォーネ・ナポレターナ[*23]『アネマ・エ・コーレ』をコランクール通りのレストランの前で演奏するギタリストの声も会話の賑わいに溶け入っていた。彼女はささやいた。「ホテルの記入用紙に自分の名前を書いたのはまずかったかもね」

僕は今、あのとき自分がどんな精神状態だったのか思い起こしている。その翌日、サン゠ミシェル通りのカフェに独りでいたときにパニックに襲われたものの、それも長くは続かなかった。落ちるところまで落ちたのだし、あとは水面へ再び上がってくるまでだった。僕は思った。今こそが新たな人生の始まりなのだ。それまでの人生の方は、覚めたばかりの、よく分からない夢のようなものだったというわけだ。「道が開ける」という言い回しの意味が突然分かった気がした。そう、こう確信するに至ったのだった。将来になって今を振り返ったとして、恐れるようなことはもう何もないし、いまや、僕はワクチン接種を受けたみたいに免疫ができているか、外交旅券のようなものに守られている。

「危険なことなどもう何もない」と僕は言った「もう何も」。その口調があまりにきっぱりしていたものだから、僕たちに一番近いテーブルの客が、サン゠ミシェル広場でそれと見分けた警察官のうちの一人かもしれない四十歳ぐらいの金髪の男だったけれど、ねっとりした目つきでこちらを見た。僕は視線に応じると、そのままにやりと微笑んだ。

ある日の午後、彼女はサン＝モールの自宅へ細々した物を取りに行きたいと言った。僕たちがモンマルトルを離れたのは、あの夏ではこの日だけだった。僕たちはバスティーユ駅のホームで電車を待っていた。

「あそこへ行っても大丈夫そうかな？」と彼女は訊いてきた。「ばれているかもしれないよね、私の住所」

そのとき、僕は特に何も恐れていなかった。

「あの人たちは君に目星をつけてさえいない。どうでもいい人の住所なんて知れやしない」

彼女は、にわかに安心の証を得たかのように首を縦に振った。彼女は「どうでもいい人」という言葉を自分自身に向かって二、三度繰り返した。おそらくは、自分には危険なことなど何もないし、自分は最後まで「どうでもいい人」であり続けると信じ込むために。

ボックス席で、僕たちは二人きりになった。夏の盛りの平日の、午後の空いている時間だった。僕たちがマルティーヌ・ヘイワードの部屋で出会った夜は、二人で午前二時頃にアルマ広場まで歩いたのだった。それから、彼女の方はサン＝モールの家へ帰るためにタクシーをつかまえると、翌日にその家で僕と会う約束を取り付けながら、住所を紙切れに書いた。北通り、三十五番地。そして翌日、僕は今と同じ時刻、同じ路線の同じ電車に乗っていたのだった。バスティーユ。サン゠マンデ。ル・ボワ・ド・ヴァンセンヌ。ノジャン゠シュル゠マルヌ。サン゠モール。

★

僕たちは、並木の葉叢がアーチをなしている北通りを歩いていった。あの午後は人気がなかった。モンマルトルの街路みたいだった。点々と散る陽の光と枝々の影が歩道にも車道にもかぶさっていた。初めてここへ来たのは二週間前で、家の前で待っていてくれた彼女と落ち合うと、僕たちは、ラ・ヴァレンヌ゠サン゠ティレールや、マルヌ川のほとりの、ル・プチ・リッツ Le Petit Ritz と呼ばれているホテルのテラスの辺りまで歩いたのだった。

今回はというと、彼女は門を開ける前に一瞬戸惑って、心配そうな目をこちらへ向けた。夜、モンマルトルで、オテル・アルジナへの帰り道に僕たちを襲ったのと同じ不安を感じているのだった。芝生が荒れ放題になっていた。草が家の敷居まで続く小路に食い込んでいた。芝生は小さな谷のようになっていて、家はその傾きの下の方にすっくりと建っていた。土台がしっかりしていなくて、地滑りが起こったら一緒に流れていきそうだった。見た目には、郊外の別荘か何かのようでもあった。

彼女は、自分が物をまとめてくる間、一階で待っているよう僕に言った。大きな部屋が一部屋。家具はソファ一台だけだった。窓の一つは、先に地平線が広がる芝生の斜面に、もう一つは、斜面を下ったところにある空き地のような場所に面していた。家はかろうじて均衡を保っていて、次の瞬間にもひっくり返ってしまうのではないかと思ってしまうぐらいだった。そのうえどこまでも静かなので、十五分もすると、相手はこちらを置いて逃げ去ってしまったのかもしれないと心配になった。僕自身、「すぐに戻ります」と言ってはそんなことをしでかしてきた。出口が二つある建物のところまで来たときには。ド・リロンデル通りから逃げられるようになっているサン＝ミシェル広場の建物とか、迷路のような廊下とエレベーターを抜けてシャンゼリゼ通りへ出られるロール＝バイロン通り一番地の建物とか。

彼女は、こちらが置いてきぼりにされたと確信して二階へ上がるつもりでいたそのときに戻ってきた。黒革のトランクを持っていた。彼女はソファの、僕の横の席に座った。すると急に、僕は、同じ考えが僕たちの心をよぎっていくのを感じた。ロダン通りのあの部屋のルド・Fの遺体が思い出されたのだった。

★

僕がかなり重い彼女のトランクを持つと、僕たちは再び北通りを歩いていった。彼女はあの家を離れられて清々していた。僕もだった。ありふれた様子なので一見危険がなさそうに思えたのが、少しすると悪い波動を送ってくる場所はあるものだ。しかも僕は「場の気」と呼ばれるものにいつだって敏感だった。少しでも怪しいと思ったらとっとと立ち去るぐらいだ。あの冬の午後、カフェ「泉」で、ジュヌヴィエーヴ・ダラムの弟や、老けた馬丁みたいな顔をした彼の友人と一緒にいたときだってそうだった。それで、そうした場所の何が気に障ったのか突き詰めたいと思って、長居しないと決めた場所とその正確な住所のリストを作っていた。ここで問題になっているのは特別な才能だ。トリュフ犬なんかが持っていて、地雷探知機のような機械を連想させる、いわば第六感だ。続く年々の中で、それらの場所とその住所のほとんどに関して自分は間違っていなかったと分かった。悪い波動が流れていたわけを、僕は、たまたま証拠を見つけたり、情報を突き合わせたり、三面記事で見たりして、それこそ二、三十年後に知るのだった。ときにはカフェで小耳に挟んだ駄弁で分かってしまったりもした。

★

僕は北通りでときどき立ち止まってはトランクを歩道に置いていた。これがなかなかに重かったのだ。しまいには、ルド・Fの遺体が中に入っていやしないかと訊いてしまった。相手は涼しい顔をしていたけれど、この冗談を楽しんでいる様子はなかった。冗談だったのだろうか？　ときたま、夢の中や、書いている今この瞬間にあっても、あのトランクの重みを右手に感じる。癒えているのに冬や雨の日には疼く古傷みたいだ。昔抱いていた良心の呵責だろうか？　それはこちらを追ってきて、こちらは原因を特定できないでいた。そんなある日、この原因というやつは誕生前に遡るもので、良心の呵責は導火線のようなものをたどって広がっていったのではないかとひらめいた。ひらめきはあまりに逃げ足が早くて、暗がりで数秒輝いて消えるちっぽけなマッチの火のようだったけれど……。

僕たちの初めてのデートの日に僕がパリを出てやって来たラ・ヴァレンヌの駅までは、まだ大分あった。僕は、ホテル「ル・プチ・リッツ」で昼の終わりと夜を過ごしてはどうかと提案してみた。二週間前にはそうしたのだ。でも、彼女が言うには、ル・プチ・リッツの記入用紙を埋めたときに、僕はオテル・マラコフでの夜と同じく自分の名前を書いていた。それに、ル・プチ・リッツの人たちは彼女を見覚えているだろう。こちらは忘れてもらわなければならないのだった。

サン＝モールで過ごしたある夏の午後の遠くてあやふやな思い出のせいで、僕はその四十六年後、ノートに、二〇一一年十二月二十六日の日付とともにこの数行を書くことになったのではないだろうか。

「こんな夢を見た。僕の面前には警視がいて、黄ばんだ紙に刷られた出頭命令書を差し出してくる。最初の一文では、こちらが証言を行わなければならない犯罪への言及がなされている。僕はそれらに関するページを読みたくないと思っていて、紛失してしまう。後に、問題となっているのはマルリー・ル・ロア（?）で年上の男性を殺害した、サン＝モール＝デ＝フォセ在住の娘なのだと知る。一体いかなる立場で証言したものか」

「この夢は繰り返される以下の夢につながっている——すでに何人かが逮捕されているなか、こちらは指名手配さえされていなかった。それが僕ときたら、「犯人」たちとつながりがあるのがばれたら自分も逮捕されるのではないかと怯えながら暮らしているのだ。だが、彼らは一体何をやらかしたのか」

昨年、大きな封筒の底の方に、期限の切れたマリンブルーの厚紙の表紙のパスポートや、児童養護施設の在籍証明書や、寄宿生として籍を置いていたオート＝サヴォワの中学校の学生証に混じって、文字がタイプされている紙が何ページ分か出てきた。

初めの頃、さびたクリップで綴じてある、この薄葉紙《うすようし》数枚を僕はなかなか読めずにいた。さっさとそいつを片づけてしまえばいいとも思ったけれど、それはそれで無理そうだった。放射性廃棄物だって、百メートル下に埋めようと、ないことにはできないのだ。

この薄っぺらい紙の束を無害化する唯一の方法は、三十年前にもしたように、要所を写して何らかの小説のページに紛れ込ませることだ。そうすれば、それが現実の話なのか夢の領域の話なのか分からなくなる。今日、この二〇一七年三月十日に、僕はあの薄緑色のファイルを再び開いた。クリップを外すと一枚目の紙にさびの跡が残っていた。全部を破いて跡形もなくしてしまう前に、いくつかの文を写してしまおう。それで一丁上がりだ。

一枚目の紙：一九六五年六月二十九日。

司法警察。麻薬捜査班。

整理番号二九：薬莢について。

発射された三発の弾丸が入っていたと思われる薬莢三個が見つかり……。

ルドヴィック・F氏の殺人がどのように行われたかについて表明しうる仮説に関し……。


二枚目の紙：一九六五年七月五日。

司法警察。麻薬捜査班。

ルドヴィック・Fと名乗っていた人物は約二十年間この偽名を使っていた。実際に問題とされるべきは、ボウェルと呼ばれていた、アクセル・Bなる人物である。一九一六年二月二十日、フレゼレクスベア（デンマーク）生まれ。無職。一九四九年四月以来逃亡生活を送っており、パリ（十六区）に居住していた。把握されている最後の住所は、ベル＝フイユ通り四十八番地。

四枚目の紙：一九六五年七月五日。
メモ
司法警察
麻薬捜査班。
ジャン・D
一九四五年七月二十五日、ブーローニュ＝ビヤンクール（セーヌ県）生まれ
……二枚のホテル宿泊客用記入用紙が見つかった。名義はジャン・Dで、今年六月に当人が記入。

一九六五年六月七日：ホテル＝レストラン「ル・プチ・リッツ」、ラ・ヴァレンヌ＝サン＝ティレール（セーヌ＝エ＝マルヌ県）、第一次世界大戦休戦記念日《オンズ＝ノヴァンブル》通り六十八番地

一九六五年六月二十八日：「オテル・マラコフ」、パリ十六区、レーモン＝ポワンカレ通り三番地。ここでジャン・Dはロダン通り二番地（十六区）を自宅住所欄に記入している。

ル・プチ・リッツでも、オテル・マラコフでも、この人物には若い女性が連れ添っており、年齢は二十歳ぐらい、中背で髪の色は褐色、眼の色は明るい。これらの身体的特徴は、供述においてパリ十六区、ロダン通り二番地の管理人R氏が挙げていたものと一致する。

現在のところ、この若い女性の身元は確認できていない。

彼女はずっと身元不明だったわけだけれど、僕は二十年の後にその足跡を見出した。名前がその年のパリの人名録に載っていたのだ。彼女のものでしかあり得ない名前だった。住所は十九区、セリュリエ通り七十六番地、電話番号は二〇八－七六－六八。

八月だった。電話には誰も出なかった。何度となく、午後の終わりに、僕は後ろにビュット＝デュ＝シャポー＝ルージュ公園が広がる煉瓦造りの建物の前で張ってみた。この界隈には馴染みがなかった。街で最も人目につかず、最も中心から離れている場所というのは、誰かによって初めて知るものだ。そうしたところで待ち合わせをしようと言われたりして。その誰かは消え去っても、その足跡に引きずられる。午後の終わりにセリュリエ通りの坂の下にいると、時間が止まってしまったみたいだった。静けさの中で照る陽の光、空の青さ、建物の黄土色、公園の樹々の緑……それらすべてが、同じ区のもう少し上の方の、僕がユベルサン氏のおかげで十二月の夜に足を踏み入れることになった、あのラ・ヴィレット公園の池やウルク運河の記憶と対照をなしていた。

こちらは何も変わっていない。この夏も、僕は建物の扉の前で人を待っている。二十五年前、冬にスティオッパさんの娘を歩道で待っていたように。もし誰かが「何のためにそんなことを？」と訊いてきたら、単にこう答えるだろう。「パリの謎を解きたいんだ」

八月の終わりの午後、遠く離れた、セリュリエ通りのずっと上の方に、彼女の背格好が見分けられた。驚きはしなかった。物事というのは少しばかり待ちさえすれば巡ってくるのだ。僕は、僕たちが知り合った時期の愛読書を思い出していた。『天体による永遠』と『永劫回帰』……彼女は坂を降りてきた。その手にはトランクがあったけれど、黒革の、僕がラ・ヴァレンヌの駅まで運んだあれではなかった。ブリキ製だった。陽の光で輝いていた。僕はセリュリエ通りの途中で彼女と合流した。

僕はトランクを持った。僕たちに言葉は不要だった。サン＝モールの北通り三十五番地を歩いて出発し、二十年かかってセリュリエ通り七十六番地にたどり着いた。トランクは前のものよりずっと軽く感じられた。あまりにも軽かったから、中には何も入っていやしないのではないかと思ってしまったぐらいだ。年月が経てば、引きずってきたあらゆる重荷は厄介払いしてしまえるものだ。それに、あらゆる良心の呵責も。

僕は、傷跡が彼女の額に走っているのに気がついた。自動車事故に遭った、と彼女は言った。記憶をなくすほどの事故だった。それなのに、彼女は僕を覚えていた。一九六五年の夏の出来事は覚えていないようだったけれど。

彼女は南仏から家まで帰るところで、よければ一緒に来ないかと言ってくれた。あのときなら通りの真ん中だって歩けた。人気がなかったから。同じ時間、同じ季節のいつかのモンマルトルの通りみたいだった。こうして僕の中で、それら二つの夏は混ざり合っていった。

ある小説の中に、手帳の一ページが挟まっているのを見つけた。日付は四月二十日水曜日となっていて、「聖女オデット」[*24]と書き込みがあったけれど、年度を示す数字はなかった。小説は「ローマにいた頃 Tempo di Roma」というタイトルで、僕は一九六〇年代の終わり頃にそれを読んだようだった。当時、僕はこの紙切れを栞に使っていたに違いない。あるいは、僕はこの本を河畔で中古で買ったので、紙はすでに入っていたのか。そこには、経路がインクで書かれていた。「フロリード floride」[*25]と呼ばれる青色のインクだった。

南部高速または国道七号
あるいはリヨン駅
ヌムール駅。モレ線
ヌムール駅を出る
ヌムール駅を右手に
ルート・ド・サンス（Route de Sens）の道を十キロメートル直進後
右折
ルモヴィル

村の果ての家、道の右側、向かいに教会
緑色の扉
五二五－六六－三一
四三二－五六－〇一

この二つの番号にはもうつながらなかった。掛けるたびに、とても遠い声が聞こえた。呼び出し中だと告げているのか、電話の向こうでちっとも聞き取れない会話をしているのか。今思うに、こうした声は、使われなくなった電話線が空いているのを利用して互いに通信していた人たちの、謎の「ネットワーク」に属していたのだ。

青インクで書かれた不揃いな文字は自分のものであり得るけれど、してみると、僕はこの経路をとても急いで書きつけたのだろう。時間がない中で、もしくは、注意をひかないように小声でこれを伝えてくれた誰かの早口に応じて。

僕は、数か月間、これについてはっきりさせたいと思ってきたのに、現地を訪れるのは先延ばしにしていた。しかも、これらの場所にしても、変わってしまっていたり、消えてしまっていたりして、昔、参謀部が作成していた地域別地図を見なければたどり着けなくなっているに違いなかった。

今日、心は決まった。僕はこの経路をたどり切る。この何か月か、もしかして過去にも同じことをしているのではないかという気がしていた。「ヌムール」の名に何か引っかかるものがあったから。もしかすると僕は、ヌムールより先へは進まなかったのかもしれない。あるいは自分の分身が、この、村の果ての家の緑色の扉のところまで行ったのか。心に思い描いた人々の分身や生き写しが現れる話が、僕の愛読書の一つである『天体による永遠』に出てくる。人には数多の生き写しがいて、人生の分岐点で自分が選ばなかった道を進んでいる。ところが自分の方は、道は一本しかないと信じ込んでしまっている。

僕がもう五十年近くも前に買った参謀部作成の地域別地図の中から、ヌムールの辺りのものが出てきた。同じ地域の今のミシュランの地図にはもう載っていない、道やら村落やらが描き込まれていた。とはいえ、目的地にたどり着きたいなら古い地図に従うべきなのだった。出るなら夕方の五時頃がよかった。時は九月の初めで、日没はまだ遅かった。迷子になったりしないように、昔の地域別地図を見ながら、あの紙切れに書かれていた道順の欠けを埋めた。遠回りになるのは承知していた。その方が土地をよく知れるし、だんだんと近づいていっている感じがする。

ヌムール駅。モレ線
ヴヌー＝レ＝サブロン（国道六号）を経由
モレまで行き、オルヴァンヌ渓谷方面へ進む
ロレ＝ル＝ボカージュ（県道二一八号）を通過
ヴィルセール Villecerf（県道二一八号）

ドルメル
それからヌムールへ戻り
ヌムール駅を右手に
ラヴェルサンヌを経由
道「ルート・ド・サンス」を十キロメートル直進後
バゾッシュ＝シュル＝ル＝ベッツとバスラン農場 La ferme Baslins を横切って
エグルヴィルで折り返してシャントロー Chaintreaux へ
ルモヴィル
村の果ての家、道の右側、向かいに教会あり
ヴューラヴォワールのところの坂を緑色の扉まで進む
小路へ入る。眠れる森の美女の城

僕の文字はあの紙切れに青インクで書かれた文字よりよほどきちんとしている。経路を明らかにしていくにつれて、自分がもうそれをたどったことがあって、昔の地域別地図を見る必要さえないような気がしてきた。でも、この道で本当に合っているのだろうか。記憶の中で、かつて進んだ道々の幻影は混ざり合って、自分がどんな土地を通り抜けていったのか、もう教えてはくれない。

隠顕インク

思い出したいと望む者は、二度と思い出せなくなる危険を冒し、思いがけないことから記憶が立ち現れる可能性に賭け、忘却に身を委ねなければならない。

——モーリス・ブランショ

この人生には空白がいくつかある。「書類」を開けば分かる。時が経って色褪せた空色のファイルに入った単なる紙切れを。空色だったその色も、今ではほとんど抜けている。「書類」というその文字はファイルの真ん中に書かれている。しかも黒いインクで。

それが、ユットさんの事務所のもので僕に残されている唯一の形見であり、窓が中庭に面している、古い集合住宅の、あの三つの部屋に僕が一時いたことの唯一の証だ。二十歳になったかどうかというぐらいの頃だった。ユットさんの机が、文書保管棚とともに奥の部屋を占めていた。なぜ他でもないこの「書類」にしたのだろう。多分そこに空白があったせいだ。それに、文書保管棚に入っていなくて、ユットさんの机に置きっ放しになっていたから。文書は、彼の言うところでは、未解決の「案件」――そもそも解決される日など来るのだろうか――の一つであり、「試しに」僕を引き入れたその夜、初めて僕に話を持ち掛けた案件に関するものだった。だから、数か月の後、やはり夜の同じ時刻にこの仕事を放り出し、事務所を辞めて出ていったときには、ユットさんの机に転がっていた、空色のファイルに入ったそれを、彼に気づかれないように、別れを告げてから書類鞄へ滑り込ませた。思い出の品として。

そう、ユットさんが僕に委ねた最初の任務はこの書類に関するものだった。僕は、ノエル・ルフェーヴルという人の近況を知らないかと十五区のとある建物の管理人に尋ねなければならなかった。この人物がユットさんにとっては二重に厄介で、忽然と消えてしまっただけでなく、素性についても確かなことは分からなかった。管理人室へ行った後は、郵便局[*1]へ寄るようにとユットさんに言われていた。彼が僕にくれたカードがあるのだった。そこにはノエル・ルフェーヴルの名前、住所、それに写真が載っていて、局留め郵便の窓口で小包を引き取るのに使えた。このノエル・ルフェーヴルなる人物は、それを居宅に置いて出ていってしまったのだ。そしたら、カフェに赴いて、最近彼女を見かけたか尋ねて、適当な席に座って、彼女の出現に備えて午後の終わりまでそこにずっといなければ。それらすべてを同一地区で一日のうちにやることになっていた。


管理人はなかなか応じてくれなかった。管理人室の窓ガラスを叩く手の力をだんだん強めていくと、扉が少し開いて眠そうな顔が覗いた。まず感じたのは、相手は「ノエル・ルフェーヴル」という名前に全く覚えがないのではないかということだった。

「最近彼女を見かけましたか」

彼女は、仕舞いには素っ気なくこう言った。

「……いいえ……もう一か月は見かけていません」

それ以上の質問はできないと思った。しようとしたところでその時間はなかっただろうけれど。彼女はすぐに扉を閉めてしまったから。

局留め郵便の窓口へ行くと、男が僕の差し出したカードをじっと見てきた。

「お客さまは、ノエル・ルフェーヴルさまご本人ではありませんよね」

「彼女は今パリにいなくて」僕は言った。「僕が小包を引き取るよう頼まれているんです」

するると、彼は立ち上がって、キャビネットが並んでいるところまで歩いていった。そこに入っている少しばかりの郵便物を確認すると、こちらへ戻ってきて、僕に向かって頭を横に振った。

「ノエル・ルフェーヴルさま宛のものは何もございません」

ユットさんの指示でやり残したことは、もうカフェの訪問しかなかった。


昼下がり。小さな部屋には誰もいなかった。カウンターの後ろの、新聞を読んでいる男は別として。こちらが入ってくるのに目も留めずに読み続けていた。僕はどんな言葉で質問を差し向ければいいのか、もう分からなくなっていた。ノエル・ルフェーヴル名義の局留め郵便用のカードをただ差し出してみるとか？　こんな役割をユットさんが僕に演じさせていて、しかもそれが自分の内気な性分に合っていないのが気に障った。男はこちらを向いた。

「最近ノエル・ルフェーヴルさんを見かけませんでしたか？」

僕は速く話しすぎているようだった。速すぎて言葉にならないぐらいだった。

「ノエルさんですか？　いいえ」

向こうがあまりにあっさりと答えたので、当の人物に関して他にも質問をしてみたくなった。相手の警戒心を呼び覚ましてしまうかもしれないのに。僕は歩道にはみ出している小さなテラスの席に座った。彼が注文を取りに来た。彼女についてもっと知るために話しかけるなら今だ。差し障りのない台詞が頭の中で押しつ押されつしていた。口にすればきちんとした答えを相手から引き出せそうなものが。

「僕はそれでも彼女を待ちます……彼女のことだから、もしかしたら……彼女はまだこの地区に住んでいるんでしょうか?……だって、ここで会う約束を僕としていたんですよ……彼女とは長らくお知り合いなんですか?」

でも、注文していたザクロジュースを彼が持ってきても、僕は何も言わなかった。

僕はユットさんから託されたカードをポケットから出した。長い月日を経た今日、クレールフォンテーヌのメモ帳の十四ページ目で一瞬書く手を止めて、「書類」の一部を成していたそのカードを再び見てみた。局留め郵便物の割増料金無しでの受取の許可に係る証明。許可番号一。姓:ルフェーヴル。名:ノエル、パリの十五区に居住。住所詳細:コンヴァンシオン通り八十八番地。名義人の写真。同人は局留め郵便物の割増料金無しでの受取を許可された者なり。

写真は普通に機械で撮った証明写真より相当大きかった。それに暗すぎた。眼の色が分からないぐらいだった。髪の色だって。褐色か? 明るい栗色なのか? カフェのテラスで、その午後、僕は、顔立ちが見分けられないほどのその顔写真をこれ以上ないほどにまじまじと見ていたけれど、ノエル・ルフェーヴル本人を認識できる気はしなかった。

それが早春の頃だった。あの小さなテラスには陽が射していたけれど、たまに陰ったりもしていた。庇がテラスに突き出していて、にわか雨が降っても平気だった。人影が歩道をやって来ると、ノエル・ルフェーヴルかもしれないと、その彼女を目で追いながらカフェへ入るものか見ていた。なぜユットさんは声のかけ方についてもっと細かい指示を出してくれなかったのだろう。「どうにかなる。尾行するんだ。彼女があの地区をまだうろついているのか知りたいから」。「尾行」という表現がつぼにはまって僕は吹き出した。するとユットさんは黙って僕の方を見た。眉を寄せて、僕の軽率さを咎《とが》めているふうだった。

その午後はゆっくりと過ぎていって、僕はテラスの席に座ったままでいた。住んでいる建物から郵便局へ、郵便局からカフェへとノエル・ルフェーヴルがたどる道筋を思い描いていた。彼女は多分、地区の他の場所へも通い詰めているだろう。映画館に、何軒かのお店に……。彼女が通りでよく会っている二、三人の人たちなら彼女は確かにいると請け合ってくれたかもしれなかった。あるいは彼女が生活をともにしているただ一人の人か。

僕はこう思ったのだった。局留め郵便の窓口へ毎日出向こう。手紙が一通手に入ったりするかもしれない。宛先に届きっこないものが。受取人転居先不明というやつだ。それか、こちらがしばらくその地区に留まっているか。ホテルに部屋を取ろう。件《くだん》の建物と郵便局とカフェの間の辺りを歩き回って、中心へ向かって同心円を描くように動きながら観察の場を広げていけばいい。歩道の人々の行き来に注意を向け続けて、彼らと顔馴染みになる。振り子のおもりが向かってくるのを待ち伏せたり、極めて捉え難い電波を待ち受けたりする人みたいに。そうするには少しばかりの辛抱があれば充分だし、あの頃、僕は陽の下であれ激しい雨の下であれ何時間も待っていられる気がしていた。

客が何人かカフェへ入ってきたものの、そこにノエル・ルフェーヴルはいないようだった。窓ガラス越しに、後ろを見やりながら、僕は彼らを観察していた。皆が長椅子に座っているなかで、一人だけはカウンターの前で店主と話していた。その男には初めから目をつけていた。自分と同い年ぐらいか、そうでなくても二十五歳は超えていないに違いなかった。背が高くて、髪は褐色で、ムートンジャケットを着ていた。店主はそうと分からない程度に僕を指し示していたけれど、男の方はその前からこちらをじっと見ていた。ただ、互いを隔てているガラス板のおかげで、さりげなく顔を背けて容易《たやす》く知らん振りできたのだった。

「あの、すみません……よろしいでしょうか……」

僕には夢の中でこの言葉を聞くことが時たまある。いやに甘やかでありながら強迫的な調子で発されるのを。あのとき声をかけてきたのは、ムートンジャケットを着た当の若者だった。こちらは気づいていないふりをした。

「すみません……あの……」

夢のものよりもさらに素っ気なくて、現行犯人を取り押さえる人のような口ぶりだった。僕は顔を彼の方へ向けた。

「よろしいでしょうか……」

言葉遣いが丁寧なのが意外だった。僕たちは同じぐらいの歳だったのだ。その表情はこわばっていて、こちらを信用していないのが見て取れた。僕は朗らかに微笑んでみたけれど、かえって相手を苛立《いらだ》たせたらしかった。

「ノエルを探しているそうですね……」

彼はすぐそこ、つまり僕のテーブルの前にいて、こちらを挑発しようとしているようだった。

「ええ。彼女の近況をお聞かせ願えないでしょうか……」

「あなた、彼女の何なんです？」向こうは高飛車な言い方で訊いてきた。

立ち去って置いてきぼりを食らわせたいぐらいだった。

「何って？　要は、彼女は僕の友人なんです。僕は彼女の局留め郵便物を取りに行くよう頼まれているんです」

僕は、ノエル・ルフェーヴルの写真が留め付けてあるカードを見せながら言った。

「彼女の写真です」

相手はそれを見つめた。そして、カードをつかもうとするかのように腕を伸ばしてきたけれど、僕がすかさず遮った。

彼はとうとうテーブルの席に腰掛けた。あるいは、腰の方が勝手に柳製の椅子の上に落ちたのか。彼がいまやこちらの話を本気にしているのは明らかだった。

「分からないな……あなたは彼女の局留め郵便物を取りに行っていたのですね」

「そうです。コンヴァンシオン通りの、もう少し上の方にある郵便局へ」

「ロジェは知っていたんですか」

「ロジェ？　どのロジェさんです？」

「彼女の夫をご存知ないんですか」

「ええ」

僕は、ユットさんの事務所のあの書類、とても短い、三段落あるかどうかの文書をあまりに速く読んでしまったのだった。そのくせ、ノエル・ルフェーヴルが結婚しているとは書かれていなかった気もしていた。

「ロジェ・ルフェーヴルさんという方のことをおっしゃっているのですね」僕は尋ねた。

彼は肩をすくめた。

「違います。彼女の夫の名前はロジェ・ビヘイヴィヤですし……で、あなたは一体何者なんです？」

彼の顔が近くに迫っていた。厚かましい様子でこちらを見ていた。

「ノエル・ルフェーヴルの友人で……彼女がまだ旧姓だった頃に彼女と知り合って……」

僕がとても穏やかな口調でそう言ったので、相手は少し態度を和らげた。

「妙だな、あなたがノエルと一緒にいるのを見たことがないなんて……」

「僕、エバンって言うんです。ジャン・エバンです。ノエル・ルフェーヴルとは数か月前に知り合いました。結婚しているという話は一度も聞いていません」

彼は黙っていたけれど、当てが外れたと言わんばかりだった。

「彼女は僕に局留め郵便物を取りに行くよう頼んだんです。もうこの地区には住んでいないんじゃないかな」

「いやそれはないでしょう」彼は低い声で言った。「彼女はロジェと一緒に住んでいたんですよ。ヴォージュラ通り十三番地に。その頃から、近況を聞くことはなくなりました」

「それで、あなたのお名前は？」

言うなりすぐに、出し抜けにこんな質問をするのではなかったと思った。

「ジェラール・ムラード」

ユットさんの書類に多くの欠けがあるのは明らかだった。ジェラール・ムラードなどという人物には一切言及していなかった。ノエル・ルフェーヴルの夫とされているロジェ・ビヘイヴィヤにだって。

「ノエルはあなたに一度もロジェの話をしなかったんですか？　僕の話も？　やっぱり変だ……ジェ・ラー・ル・ム・ラー・ド、ですよ……」

彼は大声で、一音一音区切って自分の名前を言い直した。自分の正体についてここで納得してもらって、失われた思い出を呼び覚ましてほしい、さらに言えば、ジェラール・ムラードを軽んじないでほしいと思っているかのようだった。

「……もしかして僕たちはお互い、違う人のことを話しているのでは……」

僕は相手を安心させるためにこう答えてあげたいぐらいだった。そう思うのはもっともだし、どちみち、フランスにはたくさんのノエル・ルフェーヴルさんがいるに違いない。そんな体《てい》のいい言葉で話を切り上げておさらばするのがいい。

ジェラール・ムラードなる人物とのあの午後のやり取りを何とかして書き起こそうとしているのに、夥しい月日を経た今では途切れ途切れにしか頭に残っていない。こうなると分かっていれば、すべてをカセットテープに録っておかなければと思ったはずだ。そうしていれば、それを聴きながら、僕たちの会話ははるか遠い過去に留め置かれているのではなく、永遠に続く現在に属していると感じられただろう。ノイズの向こうから、いつまでも、コンヴァンシオン通りの春の午後のざわめき、それに、近所の学校から帰ってくる子どもたちの弾ける声だって聞けただろう。今ではそれなりの歳の大人になっているはずの子どもたちの声が。そしてそんな、そのままの姿で半世紀近くの時を超えてやってきた現在の息吹を前に、僕は、当時の自分の精神状態がどんなふうだったかもっと知ることができただろう。ユットさんは事務所に僕を雇い入れてくれた。与えられたのはほんのお手伝いみたいな仕事だった。まあ僕には、どうであれその道を行くつもりはなかった。この仮初めの仕事を通じて、物書きに従事するのであれば後々肥やしになるかもしれないねたを集められるだろうと考えていたのだった。人生は最高の師なり、だ。

そのユットさんから、ある「顧客」が数週間前に訪ねてきたと聞かされたのだった。あの書類の最初の方に名前が載っていた人だ。ブレノ、ヴィクトル＝ユーゴー通り一九四番地。ノエル・ルフェーヴルの失踪について調べてほしいと頼んできた。僕はといえば、局留め郵便の窓口に着くなり、この女性宛の手紙一通なり電報一本なりから手掛かりがつかめるだろうという気になった。カフェのテラスへ行くと、時間が過ぎていくにつれ、希望が再び湧いてきた。彼女が次の瞬間に現れてもおかしくないと思っていた。

午後の終わりになっていた。ジェラール・ムラードは相変わらず僕の向かいに座っていた。

「同じ人でしょう」僕は言った。

こちらが局留め郵便のカードをもう一度差し出すと、向こうは長い間それを見つめていた。

「そうですね。でもどうしてコンヴァンシオン通りなんです？　彼女はヴォージュラ通りにロジェと住んでいた」

「彼女の結婚前の住所なのでは？」

「彼女と出会ったとき、彼女はパリに出てきたばかりだったって、ロジェは言っていました」

ユットさんがかき集めた情報は適当だった。慌てて書類を作成したに違いなかった。駄目な生徒が休暇中の宿題を片づけるみたいに。

「あなたがどこでノエルと知り合ったのかが気になるのですが……」

相手はまたも、疑るようにこちらを見ていた。僕は本当のことを言ってしまいたくなった。それほど、この「鬼ごっこ」にうんざりしてしまっていた。言うべき言葉を探した。書類……事務所……胸騒ぎがしてきた。「ユット」という名前にさえ不安になった。その響きが、いつになく心を乱すもののように思えたのだった。僕は何も言わなかった。そのまま頃合いを見ていた。本心を隠しおおせたときには、欄干を跨ぎ越え、虚空に身を投げようとしてやめた人みたいにほっとしていただろう。そう、ほっとしていた。あと、目眩《めまい》を少し感じてもいた。

「ブレノさんという人の家で数か月前に知り合いました」

それは、ユットさんを訪ねてきて、ノエル・ルフェーヴルの失踪の理由を知りたいと言っていた人の名前だった。僕はあの日、事務所にいなかったけれど、それが今さら悔やまれた。ユットさんはこの男について何の説明もしてくれていなかった。

「あのブレノさんです。ご存知ですか?」僕は尋ねた。

「全く。ノエルの口からも、ロジェの口からも、そんな名前は聞いていません」

相手はその男の詳細を明かしてもらえるのを待っているに違いなかったけれど、こちらは彼について何も知らないのだった。彼の名前が載っている書類に書いてある彼の情報は住所だけだったし。ヴィクトル＝ユーゴー通り一九四番地。それにしても、ユットさんは僕を現地へ送り込む前に自分の「顧客」に関して少しぐらいは教えておいてくれてもよかったのではないか。

またも話をでっち上げて、真実をつかむために偽りを述べ立てなければならない。もちろん、僕は誰かの人生へ分け入るのがいつだって好きだった。好奇心からそうしたときもあれば、その人たちをより深く理解する必要からからそうしたときもあった。彼らの人生のもつれを解かなければならなかった。自らの人生から離れられない当の本人にはなかなかできないことだったのだ。片や、僕は単なる見物人でいられた。あるいは、司法の用語でいう証人か。

「ブレノは……医師です……僕は彼の医院の待合室で、この五月の午後にノエル・ルフェーヴルと知り合った……」

相手は眉を寄せて、こちらを信じかけている様子だった。

「ヴィクトル＝ユーゴー通り一九四番地で……この五月に……」

僕は、さらにもっともらしく思えるように詳細を付け加えようとしたけれど、実のところ、この日、僕はこの手の芸当を守備よくこなせずにいたのだった。すっかり身に染み付いていると思っていたのに。

「彼女はプレノ先生に処方箋を出してもらおうと思っていたんじゃないかな……」

「何の処方箋を?」

答えられなかった。ジャヴェル駅まで地下鉄に乗って行く前に、手帳にメモを書き付けておくべきだった。言うなれば「学習のまとめ」だ。即興はいけない。「ブレノ医師」……嘘っぽい響きだった。

「不安そうでした……仕事上の悩みがあって……彼女には精神安定剤が必要だった……」

「本当にそう思います? ランセルで働き口を見つけてほっとした様子だったのに……」

ランセル? 多分、オペラ広場の、革製品を扱っている大きな店のことだ。より詳しい話を聞き出すべく賭けに出るべきときだった。ポーカーのプレイヤーにならうなら、はったりをかけるというべきか。

「毎朝毎夕の地下鉄通勤が嫌だって言っていました……彼女の家から、オペラ広場にある革製品屋のランセルまで行くには、最低でも二回は乗り換えがありますよね」

もっともだと言わんばかりに彼は頷いた。思った通りだった。ただ、僕にはこのゲームを続ける気力が、その午後の終わりにはもう残っていなかった。闇雲に進んだ末に見当違いの方向へ行ってしまうかもしれなかったのだ。

「ですね」彼は言った。「ランセルまで地下鉄で行くなんて、とよくこぼしていましたっけ……あの地区に住むとそれが面倒なんです……」

「で、ロジェさんはどんなお仕事をされていたんですか」

上の空みたいな、どうでもいいような口ぶりで尋ねた。ユットさんが教えてくれた、人から話を引き出すための方法だった。「でなきゃ」彼は言うのだった。「相手が頑《かたく》なになってしまうかもしれないから」

「ロジェですか？　そうですね、何でも屋でした……知り合いになったときには、引越し業者で運転手をしていて……次は十六区の花屋のオレーヴさんのところだった……で、数か月前に劇場で助監督の職にありつきました……僕のおかげですよ……」

さまざまな仕事を次から次へと挙げながら、彼はロジェとやらへの憧れを噛み締めているようだった。

「転んでもただでは起きないんです……」

どうやら、その言葉を彼とロジェは合言葉にしていたに違いなかった。口にした途端に笑みが凍りついたのだ。

「今じゃ、彼の居所は神のみぞ知る、だ……最後に僕が彼に会ったとき、彼はノエルを探しに行くと言っていて……」

「彼女が先にいなくなったんですか」僕は尋ねた。

「ええ。ある晩のことでした。ヴォージュラ通りに戻ってこなかったんです。翌日になっても。

僕はロジェについてランセルへ行きました。そこの人たちは何も知らされていないみたいでした」

「あなた方にも、あり得そうなことについて心当たりはないんですね、あなたにも、彼女の夫にもってことですけど」

「あり得そうなこと」というありきたりな言い回しを選んだのは、相手が打ち明け話をしやすくなるようにするためだった。これもユットさんの教えだった。踏み込んだ質問をしない。話を聞き出すにあたっては絶対に相手を突《つつ》かない。「万事お手柔らかに」進めること。

相手は戸惑いを、ためらいを覚えているようだった。

「『あり得そうなこと』というのは？」

そう、彼は見るからに居心地が悪そうで、こちらが何かを知っているのではないかと勘繰っているようだった。でも何を？　僕は途方に暮れた様子をしておしまいにすることにした。何も言わずに。

「で、あなたは何のお仕事をしていらっしゃるんですか」

僕は何気ない口調で言って、微笑んだ。どうも、こちらが相手の警戒心をまたしても呼び覚ましてしまい、それで向こうはノエル・ルフェーヴルとその夫や自分自身に関する詳細を隠そうとしているのかもしれなかった。二人もの人物が、親しい人でもぼんやりとさえ見当をつけられないほど素早く消えはしない。

「僕ですか。俳優です。ポプリックスの講座に登録して一年になります」

「うまくいっているんですか」

こんな、率直にすぎる質問をしてしまうとは、僕はおそらく気が抜けていたのだ。

「映画にちょい役で出ています」彼はにべもなく言った。「これで学費が払えるってものです」

ポプリックスの講座について聞くのはそのときが初めてだった。続く何日かそれについて調べたので、今でも綴りを間違えずに書ける。Paupelix、舞台芸術を指導、パリ八区、アルカード通り、三十七番地。合点がいった。あのあまりにも決まっている表情やポーズや動作はポプリックスの講座で教わったものに違いなかった。

「それで、ノエルとはしょっちゅう会っていたんですか。どうにも腑に落ちないんです、彼女からロジェのことを聞いていないなんて」

彼はノエル・ルフェーヴルと僕の関係がどんなものだったのか探りを入れていたのだろう。それこそが彼の心配の種だったから。

「とはいえ彼女の暮らしぶりについては話していたんでしょう」

「いえ、何も」僕は言った。「僕たちは三、四回会っただけなんです……夜、彼女がランセルでの仕事を終えて出てきたときに……その向かいの、カピュシーヌ通りにあるカフェで……」

書類の最初の方には彼女の生年月日と出生地が載っていたけれど、出生地については大まかに記されているだけだった。「オート＝サヴォワ県、アヌシー近郊の村」

「僕たちが同郷だと分かって。アヌシーの近くなんですけど。あの場所についてよく話していましたっけ」

郵便はがき

料金受取人払郵便

麹町支店承認

6246

差出有効期間
2024年10月
14日まで

切手を貼らずに
お出しください

1 0 2 - 8 7 9 0

1 0 2

［受取人］
東京都千代田区
飯田橋2－7－4

株式会社 作品社
営業部読者係　行

【書籍ご購入お申し込み欄】

お問い合わせ　作品社営業部
TEL 03(3262)9753／FAX 03(3262)9757

小社へ直接ご注文の場合は、このはがきでお申し込み下さい。宅急便でご自宅までお届けいたします。送料は冊数に関係なく500円（ただしご購入の金額が2500円以上の場合は無料）、手数料は一律300円です。お申し込みから一週間前後で宅配いたします。書籍代金（税込）、送料、手数料は、お届け時にお支払い下さい。

書名	定価　円	冊
書名	定価　円	冊
書名	定価　円	冊
お名前　TEL（　　）		
ご住所　〒		

フリガナ
お名前

男・女　　　　歳

ご住所
〒

Eメール
アドレス

ご職業

ご購入図書名

●本書をお求めになった書店名

●ご購読の新聞・雑誌名

●本書を何でお知りになりましたか。
イ　店頭で
ロ　友人・知人の推薦
ハ　広告をみて（　　　　　　　）
ニ　書評・紹介記事をみて（　　　　）
ホ　その他（　　　　　　　）

●本書についてのご感想をお聞かせください。

ご購入ありがとうございました。このカードによる皆様のご意見は、今後の出版の貴重な資料として生かしていきたいと存じます。また、ご記入いただいたご住所、Eメールアドレスに、小社の出版物のご案内をさしあげることがあります。上記以外の目的で、お客様の個人情報を使用することはありません。

彼は、彼女の人生のその辺りのことなど知らないし、取るに足りないと思っているようだった。でも、ユットさんだったら僕と同じように考えたに違いなかった。どうであれ、人がどの村のどの地区で生まれたかは押さえておくべきだ。

「それで、彼女があなたに取りに行ってもらっている局留め郵便物ですけど、誰か彼女に便りをよこしそうな人がいたんですか」

「さあ。届いた手紙の封筒で気になっている点ならありますけど。いつも筆跡が同じだし……インクの色がブルー・フロリード[*2]だし……」

そんな些細なことをでっち上げたところで大した益があるのだろうかと考えてしまった。そうすれば相手もノエル・ルフェーヴルに関する細かい情報をくれるかもしれないと期待したのかもしれない。でもそうはならなかった。

「ブルー・フロリードのインク……？」

何秒かの間、僕は手掛かりをつかめたと思い込んでいた。違ったけれど。単に、向こうは「ブルー・フロリード」が何を意味するのか分かっていないだけだった。

「とても明るい青です」僕は言った。

「で、その手紙はフランスから届いていたんですか、それとも外国から？」

相手も、やはり取り調べをするかのように質問をしてきた。

「それが、消印は見なかったんです」

「そうと知っていれば、彼女には気をつけるようロジェに言うんだった……」

彼の声はこわばり、目つきはとても鋭くなった。この豹変ぶりは元々のものなのだろうか、あるいはポプリックスの講座で学んだものなのか。

僕は今、最大限の正確さで僕たちがあの日に交わした言葉を白紙に黒い文字で書き付けようとしている。それらの多くは頭から抜けてしまったけれど。失われたそんな言葉には、自分自身が発していたり、自分が聞いたのに覚えておかなかったりしたものもあれば、自分へ差し向けられていたのに端《はな》から取り合わなかったものもあって……ときたま、目覚めの折や夜更けに、そうした言葉の一節は記憶に上ってくるものの、誰がささやきかけてきたものだったかは分からないのだった。

彼は腕時計を見て、急に立ち上がった。

「ヴォージュラ通りへ行かなくちゃ……ロジェとノエルがどうしているか分かるかもしれない……」

郵便物が扉の下に差し入れられているかもしれないとでも思っているのだろうか。僕にしても、局留め郵便物が届いてはいないかとさっきは思っていたのだ。

「ご一緒していいですか」

「構いませんよ……ロジェから彼の家の鍵を預かっているんです」

「ノエルはこのカフェによく来ていたんですか」僕は尋ねた。

ついに名前で彼女を呼んでしまった。

「ええ、ロジェと僕は、夜、彼女がランセルでの仕事を終えると、ここで彼女と落ち合っていたものでした。ロジェが結婚するというので、それはもう嬉しかった……ロジェの前では、ノエルと僕には競い合うことなど何もなかったんです」

勢いづいた様子で彼は話していたけれど、早くもそれを後悔しているのが迷惑そうな目つきから見て取れた。

僕たちはコンヴァンシオン通りを東へ進んでいた。パリの地図を見るまでもなく、セーヌ川を背に、ヴォジラールの奥まで向かっていたのだと今では分かる。

「歩いて十五分かかります。構いませんか」


初めて、相手はこちらを気遣う様子を見せた。夜になり、ノエル・ルフェーヴルとロジェ・ビヘイヴィヤの失踪が昼よりも心に重くのしかかるような時間に誰かとともに歩いて人心地がついたのだろうか。とすると、この地区を彼と歩けば彼ら三人の暮らしぶりがどんなふうだったかも分かってくるだろう。先立つ晩、空色のファイルに入った書類を差し出して、ユットさんは皮肉な笑みを浮かべたのだった。「さあ、いよいよ出番だよ。どうにかなる！　実地調査ほど有益なものはないからね」

僕たちは郵便局を過ぎた。昼下がりに、ノエル・ルフェーヴル宛の手紙を渡してもらえると当て込んでいたあの場所だ。それがまだ開いていた。僕は、局留め郵便の窓口へ行ってこようかとジェラール・ムラードに言おうとした。夜の便があるかもしれなかった。でも、すんでのところでよした。日を改めて一人で行く方がいいのだった。どうしてこの人物を案件調査に深く関わらせる羽目になっているのか、つくづく分からなかった。この先は、彼女と僕との問題だ。

「つまるところ」僕は言った。「この地区で暮らしていたんですね？」

彼らがどんな場所、どんな人のところに三人して通い詰めていたのか探りを入れたかった。

「昼間以外は。僕たちは夜に落ち合っていたんです」

「それで、あなたはやはりこの辺りに住んでいるのですか」

「はい。グルネル河岸通りのワンルームマンションに。僕たちが行っていたディスコの近くでした。ノエルはあの場所が好きだったから」

「ディスコですか？」

「河岸にある、海軍省の建物のところのディスコです。それが、一度も踊らなかったんですよね、ロジェと僕は」

相手が低い声でつけ足した言葉に僕は驚いた。

「一度も？」

こちらは確か皮肉めいた口調でそう返したのだった。でも彼の方はおかしくも何ともないようだった。海軍省のところのディスコは彼の趣味に合わなかったのだろう。

「ロジェがそこの支配人と知り合いで……ノエルから何か聞いていないですか？」

触れにくい話をしているかのような質問の仕方だった。

「いえ、何も……だってノエルは私生活については話してくれなかったんですから……ちょっとしたことは別ですけど。アヌシーのこととかね。共通の話題でしたし」

相手はほっとした様子だった。多分彼は、ディスコとその支配人のことをほのめかして探りを入れ、ノエル・ルフェーヴルが相手を巻き添えにしかねないような話を僕に振っていたかどうか確かめたかったのだろう。

「ロジェは引越し業者で働いていたときに支配人と知り合って……そう……そんなところです……」

彼にこれ以上聞くのは無駄に思えた。どうせ答えてくれないだろうから。

残る道のりを、僕たちは黙って横に並んで歩いた。彼がノエル・ルフェーヴルに関して挙げていて、書類には載っていないいくつかの名前を覚えておくために、僕はそれらを思い返していた。ロジェ・ビヘイヴィヤ、ランセル、海軍省のところのディスコ……まだ足りない。一見互いに何の関係もなさそうな細かい事柄がさらに必要だ。そうして夥しい数のパズルのピースが集められたら、あとはもう、全体像が立ち現れるようそれらを並べていくだけだ。

「ここを行くのが近道です」と言いながら、オリヴィエ・ドゥ・セール通りの中ほどまで来たところで、彼は建物の間の袋小路を指し示した。時を隔ててみると、樹も生えていれば、敷石の間からは草も伸びていた気がする。今思い出されるのはまるで田舎道のような路地だけれど、多分夜だったせいだろう。僕たちは住宅の中庭を突っ切って表門からヴォージュラ通りへ出た。

件の建物の一階には小さな部屋が三つあった。そのうちの一部屋の窓は通りに面していた。カーテンが開けっぱなしになっていて、僕たち、つまりジェラール・ムラードと僕がそこにいれば通行人から見えたはずだ。ときたま、自分の夢の中で、僕はその通行人になっている。昨夜は、昼間それに先立つ話を書いていたせいだろうけれど、僕はやはり「田舎道」を通って建物の間を抜けていた。集合住宅のあの窓のところが明るかった。額を窓のガラスにつけて、どこからその光が来ているのか見てみた。半開きになっている隣室の扉からだった。ベッドランプがつけっぱなしになっているのだろうか。窓を叩いてみようとしたら、目が覚めた。

僕たちは、中庭に面して窓がある小さな部屋にいた。ジェラール・ムラードがつけてくれた明かりが背の低いテーブルの上にあった。部屋は客間だったに違いなかった。ソファが一脚、革張りの肘掛け椅子が二脚あった。

「クローゼットにノエルの服が何枚か残っていますよ」彼は言った。「ロジェは、もうおさらばだと言わんばかりに持ち物をすべて持っていきましたが」

そんな些細なことが彼にはとても気がかりなようだった。彼は僕の隣に立って黙りこくっていた。

「それにしても変ですね、二人のどちらも消息を絶つなんて」僕は言った。

彼はじっと考え込んでいた。

「しばらくここにいらっしゃいますか」彼は言った。「僕は上の階のご近所さんに会ってきます。ロジェは彼と親しくしていました。あの人なら何か知っているかもしれない」

でも僕には、彼は心からそう思っているのではなくて、自分を安心させるためにそう言っているように思えた。

僕は、中庭に面して窓がある「客間」に独りきりになった。明かりを消して、半開きになった扉から道側の部屋へ忍び入った。そこそこ大きなベッドが一台、そして壁際には背の低い書棚が一台あった。明かりはつけなかった。通行人にガラス越しに姿を見られるとまずいので、ベッドランプはつけなかった。

ぼんやりとした光が窓から差していて、それで充分明るかった。ベッドの縁の、ナイトテーブルのすぐそばの辺りに座った。磁石に引きつけられたようでもあれば、前世での習慣を思い出したようでもあった。

ナイトテーブルの引き出しを抜いてみた。テーブルの半分の長さで、二重底にできるだけの空間があった。腕を伸ばすと、厚紙の表紙の手帳が出てきた。誰かが隠していたのだ。引き出しを元に戻して手帳を握りしめていると、ジェラール・ムラードが入り口の扉を音を立てて開けるのが聞こえた。

「こんなところにいたんですか、ノエルとロジェの寝室に」

僕は答えなかった。手帳をジャケットの内ポケットに滑り込ませると、彼に応じた。

「どうして電気を消したんです？」

「窓の明かりに気づかれたら泥棒だと思われてしまわないかと怖くて……」

手帳を見せておけばよかったのかもしれなかったけれど、相手はそうしたところで何も察してくれなかっただろうとも思った。大体、どう説明すればいいのか。僕は、もう一人の自分に憑かれたかのように、夢遊病者よろしくあんなことをしてしまい、そのくせその動作は機敏で自然で、まるで、引き出しの後ろ側、ナイトテーブルの奥の方に空間があって、何かが隠されていると知っていたかのようだった。ユットさんは、この仕事に必要な資質は勘の鋭さだと言っていた。そこで、あの夜自分がしたことを理解したくて、今さらながら辞書を引いてみた。「勘：論理に依らず、即座に物事を認識する能力」

「何か聞けましたか」僕は尋ねた。

「何も」

僕は、見つけたばかりのこの手帳からノエル・ルフェーヴルへと向かう扉が開くのではないかという気がした。

「二人の他の知り合いにも当たってみるべきなんでしょうね」

相手は肩をすくめた。彼が明かりをつけようとさえしないので、僕たちは二人して小さな客間の真ん中の薄暗がりに立ち尽くす羽目になった。

「彼女は、相手の方と仲がよかったんですか」

「ええ、それはもう。でなければ、ロジェに彼女と結婚するよう勧めたりはしませんよ」

相手はまた偉そうな口ぶりになった。

「ロジェにしてもですけど、彼女の失踪を警察に知らせようとは考えなかったんですか」

「警察に？　まさか」

この調子では、大したことは聞き出せっこない。足場が一つもない滑りやすい斜面をよじ登っているみたいだった。ジャケットの内ポケットの中の手帳を取り出して、ノエル・ルフェーヴルがそこに書き付けていたことを一緒に解き明かしたくて仕方がなくなった。その手帳が彼女のものだと確信していたのだ。

「あなたの方は？　知り合いだったのなら、彼女から消息を知らせてきてもよさそうですけど」

彼は急に途方に暮れたようになって、心許なさそうに僕を見た。言い足したいことでもあるのだろうか。

向こうはそんな次第で、ノエル・ルフェーヴルに関してこちらが言うことをすべて信じていた。僕の方はといえば、こんなにも簡単に他人の人生に入り込めたものだから、夜、彼女が仕事を終えた後に、自分はカピュシーヌ通りのカフェで彼女と本当に会っていたのではないかとさえ思ってしまった。

「彼女が消息を知らせてきたら」僕は言った。「きっとお知らせします」

僕たちはまだしばらく、二人して薄暗がりに立ち尽くしていた。多分向こうも僕と同じく、こう感じていたのではないか。長らく空き屋になっていて、最後の借家人たちのつかの間の滞在の痕跡が何も残っていない集合住宅の一室に勝手に上がり込んでしまった、と。

それは、年度が金文字で入っている黒布の表紙の手帳だった。

その夜のうちに僕は、ノエル・ルフェーヴルが書き残していた少しばかりのことを白い紙に引き写した。手帳は彼女のものだった。彼女の名前がその遊び紙の上の方に、他のところと同じく、青いインクの大きな文字で記されていたのだから。

最後のメモは七月五日のものだった。リヨン駅、九時五十分。一月から六月までのページには、人名、住所、待ち合わせの日時がいくつか書かれていた。

一月七日　オテル・ブラッドフォール　十九時
一月十六日　クック・ドゥ・ウィッティング
二月十二日　アンドレ・ロジェと、あの小さいピエール　ヴィトリューヴ通り
二月十四日　ミキ・デュラック　ブリュヌ通り
二月十七日　クラブ「魔法の箱」、十七区、フェリシテ通り十三番地　二十時
三月二十一日　ジャンヌ・ファベール
四月十七日　ジョゼ、イヴォン＝ヴィラルソー通り五番地　十六時
五月十五日　ピエール・モリチ、ジョルジュ、海軍省のところのディスコ　十九時
六月七日　アニタ　職場の電話番号　七六　七四

六月八日　　ブリュノー氏に電話

六月十日には、彼女は詩を写していた。
　空は、あの屋根の上にあって
　かくも青く凪いでいる！
　樹は、あの屋根の上にあって
　その葉を揺らしている。

金額もあった。数字ではなくアルファベットで書かれていた。
一月三日　　六百フラン
二月十四日　千七百フラン

二月十一日のところには、こうあった。
　ヴィエルゾン十七時二十七分の列車　プリュニエ＝アン＝ソローニュ――シェーヌ＝モロー城。

四月十六日のところには、この手帳で一番長い注記が残されていた。
　ジョルジュの名においてマリオン・ル・パ・ヴァンに、彼女の運送会社でロジ

ェに仕事を当てがってもらえるか訊いてみること（ヴィヨ・エ・スィ、コニャック＝ジェイ通り五番地）

六月二十八日のこの一文については、いつもより相当大きな文字で記されていた。
ああもしそれと知っていたら……

そして以下は、ユットさんの書類ならびに十五区から帰ってくるときに書き留めたものの欠けを埋めてくれる名前だ。

ロジェ・ビヘイヴィヤ
ジェラール・ムラード
ポプリックスの講座
ランセル
ヴォージュラ通り十三番地
海軍省のところのディスコ

何ということもない。続く何日か、僕は手帳に書いてある住所の場所へ足を運んだ。あいにく部屋番号は知らなかった。そして、ある午後、どこまでも延びるどっしりした建物の列に挟まれたブリュヌ通りにたまたま出たときに、ここでミキ・デュラックは見つかりっこないし、ヴィトリュージュ通りでアンドレ・ロジェや小さいピエールを見つけるのも無理だと悟った。ＰＲＯ 七六 七四にはもう誰も出なかった。アニタの名も見つからない。住所なしの名前だけで個人を特定するのには無理がある。イヴォン＝ヴィラルソー通りに赴く度胸は、正直なかった。人名録を見て五番地の建物の電話番号を色々と試すに留めておいた。それも、そのたびに「ジョゼさんとお話ししたいのですが」と言って。三度否と答えられると、もう同じ台詞を繰り返したくなくなった。結局、手帳は、ユットさんが作成した、情報がわずかしかない書類と同じくぼんやりした印象を伝えてくれるだけだった。ノエル・ルフェーヴルの生年月日と大まかな出生地、彼女が住んでいるとされていたところの住所――十五区、コンヴァンシオン通り八十八番地、彼女が局留め郵便物を引き取るのに使っていたカードをユットさんに渡したあのブレノという男。しかもこの男については、自らを「ノエル・ルフェーヴルの友人」と称していたという以外には何も書かれていないのだった。

そう、この人生には空白がいくつかあるのだ。空色のファイルに入った不完全な書類を読もうと、手帳の夥しい真っ新《さら》なページをめくっていると余計にそう思えてくる。三百六十五日のうち二十日しか、ノエル・ルフェーヴルにとってどうでもよくない日はなく、見事な文字でごく短いメモ書きを残すことで、彼女はそれらの日を存在させおおせた。その他の日の彼女の過ごし方や、彼女が出会った人、彼女がいた場所については決して分からないだろう。白くて空っぽなページの狭間のあの一文に、僕は手帳をめくるたびに驚いて、目を離せなくなった。「ああもしそれと知っていたら……」声が沈黙を破っていくようでもあり、誰かが打ち明け話をしようとしてよしたか、時間がなくてできなかったようでもあった。

　調査は進まなかった。ある午後、ムラードと鉢合わせしないよう願いながら再びコンヴァンシオン通りを郵便局まで歩いていった。こちらが局留め郵便の窓口の前で待っていると、相手はノエル・ルフェーヴルのカードを見て、キャビネットから手紙を一通取り出した。彼はこちらに戻ってくると、帳簿にサインをするよう言って、身分を証明するものを何か出すよう求めた。僕は自分のベルギーのパスポートを見せた。相手は驚いた様子でゆっくりとページを繰ると、偽物なのではないかと疑っているかのように薄緑色の表紙から目を離さずにそれを閉じた。絶対に手紙を渡してもらえないだろうと思った。でも彼は出し抜けに、ベルギーのパスポートとノエル・ルフェーヴルのカード、そして手紙を差し出した。

　外へ出ると、僕はコンヴァンシオン通りをさっきと逆の方向に進んだ。封筒をジャケットのポケットに滑り込ませてから、速歩きで、自分が尾行されていると気づいた人みたいな足取りで。やはり、ムラードに出くわすのは怖かった。セーヌ川の左岸を背にミラボー橋を渡っていくときになってようやく手紙を開いた。

　ノエル、
　僕たちの電話での最後の話し合いの後、僕にはもう、君がサンチョとまた会って一緒にローマへ帰りたいと思っているのかどうかよく分からなくなっていた。それが君にとっては一番いいはずなんだけど。

サンチョは、「ラ・カラヴェル」で先月君と再会したときには確実によりを戻せると信じていて、君が消息を絶ったのでひどく落ち込んでいた。

それでコンヴァンシオン通りの家に寄ってみたら、部屋は空っぽで引っ越した後みたいだった。局留め郵便用のカードを忘れていったよね。今となってはどこで君と落ち合えばいいのか分からないだけに、君がまた郵便物を取りに来てくれればいいなと思っている。身分証明書を持ってさ。そのときのために局留めで手紙を送っておくよ。だけどそもそも何で君はあそこへ送られてくる郵便物にこだわっていたのか、そしてどんなものが届き得たというのか。君と約束した通り、サンチョには君の住所は誓って知らせていないし、君がランセルで働き口を見つけたことも言っていない。でも、僕は君たち二人がまた一緒になれるようにしたいとやっぱり思っているし、今がそのときだという気もする。こんな状態のままずるずるとは行けっこないし、はっきりさせた方が君にとってもいい。

シェーヌ＝モローへ来てしばらくそのままいるのがいいんじゃないかな。そこへサンチョもやって来て、二人でローマに戻るんだ。

この手紙を受け取ったら考えを聞かせてほしいし、早々にどうするか決めてほしい。ポール・モリィヤンがヴィエルゾン駅まで君を迎えに行ってくれるはずだから。

電話を待っています。

ジョルジュ

追伸　僕に伝言をしたくなったり僕と連絡を取りたくなったりしたらいつでも、前みたいに海軍省のディスコのところのピエール・モリチの事務所へ彼に会いに来てください。

封筒の消印には「パリ＝アンジュー通り」とあった。

その晩、僕はユットさんにその手紙を見せて、「ヴィエルゾン」と「シェーヌ＝モロー」はノエル・ルフェーヴルへの手帳にも出てきた名前だと伝えた。

「それは手掛かりになるのかな」

相手の声があまりに冷めていたので、こちらのおめでたい自信はたちまち打ち砕かれた。面倒な雑役に手をつけるかのように、彼は電話の受話器を握った。

「プリュニエ＝アン＝ソローニュのシェーヌ＝モロー城の電話番号を教えていただきたいのですが」

なかなか応答がなかったので、その間にユットさんは受話器を置いてしまわないだろうかと僕は怖くなった。

「ああそうですか！　……それはどうも……」

彼は腕を組んで、もったいぶった笑みを浮かべながらこちらを見て言った。

「シェーヌ＝モロー城にはもう電話はないそうだ」

僕ががっかりしているのを察して、向こうは言い足した。

「所有者の名前が分かればそれでいいんじゃないかな」

ただ、この展開にはあまり納得していないような口ぶりだった。

「事務所へ訪ねてきたブレノさんという人について何かご存知ですか」僕は尋ねた。

「もちろん……話すのを忘れていましたね……こう言うのも何だけど、この案件に私はそこまで入れ込んでいなくて……」

相手は、人差し指で机上の日めくりカレンダーをめくった。

「先週いらしていたんだよね、そのブレノさんって方は」

彼はその日のページを探し当てると、前屈みになって、書き留めていたことを読み上げた。

「姓はブレノ、名はジョルジュ、ヴィクトル＝ユーゴー通り一九四番地。パリに居住しているが、ブリュッセルで映画館を経営していたとのこと」

とてつもない苦闘が今終わりを迎えたとでもいうように、彼はため息を漏らした。

「まあいかがわしい男です。五十歳ぐらいかな。そのノエル・ルフェーヴルさんとやらの失踪のせいで相当取り乱していた」

彼は例の空色のファイルを開けた。入っていたのは「書類」と、ノエル・ルフェーヴルの顔真つきのカードと、僕が実地調査の後、彼に言われて取ったメモだった。あと、局留めの手紙。ジョルジュと署名が入っているあれだ。ジョルジュ・ブレノか。

「追加の情報をありがとう。ブレノさんは彼女が結婚しているともランセルで働いているとも言わなかったんだ」

相手は気まずそうに微笑んだ。こちらを傷つけないように言葉を選んでいるようだった。

「ね、だからこの案件が面白いとは思えないんです。徒労に終わるでしょう。あの人、あまり質《たち》のよくないお客さんな気がする。がっかりさせちゃったかな。あなたはもっとましなことに関わった方がいい。もっとしっかりした資料の揃った案件をもうじきお任せできますよ」

とんでもない。職業上の展望はどうだってよかった。ノエル・ルフェーヴルの失踪が僕の心のずっと深いところにあるもの、この件がなかったらまず明るみには出てこなかったほどに深いところで響くこだまを呼び覚ましつつあったのだ。

「そんな、誤解です」僕は言った。「がっかりだなんて」

相手がこの案件に関心がないと思うとむしろほっとしたぐらいだった。ここからは、もう僕の独擅場《どくせんじょう》だ。報告義務もない。放し飼いだ。


と、そんなふうに僕は考えていた。それが今、これを書き、あの、腕組みをして机の縁に寄りかかって、外海のように青い目を、父が子を見守るように僕に向けるユットさんと、その前にいた自分を思い起こしていると、それまでの流れを整理しておかなければという気になってくる。彼があの捜査に僕を引き入れた。一切を伏せていたけれど、彼はすべてを、それも最初から知っていて、それなのに不完全な書類しか見せたがらなかった。もしかすると向こうはどれほどこちらがこの「案件」に関わっているのか見抜いていて、ちょっとした言葉を投げかければ、それにまつわる些細な事柄の数々を僕に思い起こさせたり、僕が自分自身についての啓示を得るようにできたのかもしれなかった。「もっとしっかりした資料の揃った案件をもうじきお任せできますよ」か。あの頃はあまりに若かったから、あの言葉の意味を分かっていなかった。慎み深さと思いやりゆえ、彼は身を引いて、こちらが一人で道を行けるようにしたのだ。彼は僕に目を掛けてくれていた。その前には手掛かりも与えてくれていた。その仕事を続けるための手掛かりを。僕は自分のことには自分で責任を負う歳になっていた。彼がこちらを「放し飼い」にしていたとすれば、僕が後にそのすべてを書くと見抜いていたからだ。

人生には空白がいくつかあるものだけれど、ときにはリフレインもある。まとまった長さの期間においては、自分にはそれが分かっていなくて、傍目にはあなたがそのリフレインを忘れてしまっているかのように見えるときもある。それがある日、独りきりでいて、気を散らすようなものが周りに何もない折に、ふと思い出されたりする。いまだにこちらを引きつけてやまない童謡の歌詞みたいに、向こうからやって来る。

僕は年月を数えている。しかもできるだけきちんと。検証を重ね、ユットさんの事務所でのごく短い見習い期間だの、ノエル・ルフェーヴルを追い求めて局留め郵便の窓口を訪ねていたあの午後だのから十年経ったという結論に落ち着こうとしている。あの件については、何も得られなかった。僕が保管していた、見返されないと決まっている警察や憲兵隊の資料ほどの厚みもない、空色のファイルに入った書類を除いては。

僕は、マテュラン通りの美容室へ行ったことがあった。順番を待っている僕の前には低いテーブルがあって、いくつもの雑誌の山と一冊の映画年報が載っていた。年報の栗色の表紙には刊行年が入っていた。一九七〇年。

それをめくっていると、「アーティストたちの写真」が出てきた。一つ、目に飛び込んでくる名前があった。ジェラール・ムラード。実に十年来頭をよぎらなかった名前だったのに。「ノエル・ルフェーヴル」の名が記憶にはっきり残っていたところで、きっかけがなければ、十年前、四月にカフェで会ったこの男の正確な名前などなかなか出てこなかっただろう。

写真の中の彼は、僕に声をかけてきたときにも着ていた、ムートンジャケットをまとっていた。革のキャスケットを額が出るよう斜《はす》に被って、スカーフを首にきつく巻いて……椅子の肘掛けに座って笑っていた。写真の下の方には赤鉛筆で電話番号が書かれていた。

美容師は年報を広げている僕を見ていて、こちらが鏡の前の回転椅子に座り、向こうが白いケープをこちらに被せるときになって、こう言った。

「映画がお好きなんですか？」

「この年報に友人の写真が載っていたもので」

ここでそれを言ってしまうとは。こちらがほぼ忘れ去っていたのに、ムラードが出し抜けに現れたせいだ。

「僕は多分彼に会っていますね。長らく撮影用メイクをしてきましたから」

この赤鉛筆書きの電話番号を記したのはこの美容師なのか？　彼が低いテーブルの上の年報を手に取ると、僕はムラードの写真を指し示した。向こうはそれをしげしげと見つめた。

彼には見覚えがないようだった。

「僕の字ではあるんですが、ここの、赤鉛筆書きの……彼は髪を切ってもらいにここへ来たんですね……」

彼は、窓ガラス越しに見える通りの向かいの方へ腕を向けた。

「正面の二つの劇場のどちらかで端役をもらっていたんでしょう。でも、いつだろう？　去る人もいれば、来る人も……本当にたくさんいて……しまいには忘れちゃいます……あ、お客さんも俳優さんですか」

「当らずといえども遠からず、です」

「ああ、僕は何人の俳優にメイクをしてきたことか。お客さんはご存知ないでしょうけど……」

彼の眼差しが悲しみで曇った。その手には映画年報があった。

「差し上げます。多分他にもご友人が見つかりますよ」


通りへ出ると、年報を捨てていきたくなった。なかなかに重かったのだ。いや駄目だ、引き出しにしまっておこう。ジェラール・ムラードの写真は、十年前にユットさんが作成した書類、僕が調査して二ページにまとめたなけなしの追加情報、そして局留め郵便で送られてきたノエル・ルフェーヴルへの手紙と並ぶ、もう一つの手掛かりとなるだろう。もう一つの手掛かり、か。僕は、「証拠物件」が集められて行われるような重罪院訴訟[*3]、それも戦後のとある訴訟のことを思い出した。予審被告人の後ろには三十個ほどのスーツケースが並んでいた。姿を消した人々が残した唯一の痕跡だった。

引き出しにしまう前に、僕は年報を開いて、ジェラール・ムラードの写真をもう一度見た。黒い革のキャスケットを斜に被って、くつろいだ様子で微笑んでポーズを取っている彼は、十五区で午後をともにしたあの若い男とは別人に見えた。あの日の彼はもっとずっと物憂げだった。数週間前にノエル・ルフェーヴルとロジェ・ビヘイヴィヤが立て続けに失踪したせいで心許なかったのだろう。それが、五年後のこの写真からすると、彼はおそらく彼らの不在を認められるようになったのだ。あるいは彼らの消息を知って、そのまま彼らと再会したか。

写真の下の方に、彼の連絡先は載っていなかったけれど、プロデューサーの連絡先はあった。

思い切って電話を掛けた。女性が出た。多分秘書だ。

「貴事務所のアーティストの一人におつなぎ願いたいのですが」僕は言った。

「お名前をお伺いしてよろしいでしょうか」

「ジェラール・ムラードです」

「お名前の綴りを教えていただけますでしょうか」

僕は綴りを言った。

一瞬の間の後、紙がかさりと音を立てた。相手は書類を見返しているに違いなかった。

「ムラード、ジェラール……弊事務所は一九七一年以来、彼には関わっておりません」

「彼の住所はご存知ですか」

「こちらでは二つ把握しております。一つはパリのもので、グルネル河岸五十七番地、もう一つはメゾン＝アルフォール[*4]のもので、カルノ通り二十六番地となっております。私どもは一九六九年、芝居の端役を彼に斡旋しました。演目は『世界の終わり La Fin du monde』で、テアトル・ミシェルで上演されたものです。それ以上のことは申し上げられません」

グルネル河岸に赴いたところでどうなるというのか。ノエル・ルフェーヴルの足跡をたどって歩いたのと同じ地区だ。そんな勇気はないし、時間もない。それに、もしそんなことをしたら、自分の人生がまだまだ定まっていなかった頃にまで逆戻りしたような気になってしまうかもしれない……大体、彼女はもういないのだし、僕にしても、ジェラール・ムラードなる人物が今さらどんな役割を担ってくれるのかさっぱり分からないのだった。

晩になる頃には、僕の意見は変わっていた。後悔したくはなかった。あるいは良心の呵責に苛《さいな》まれたくなかったという方が近いか。地下鉄の、十年来使っていなかった路線に乗った。ジャヴェルに着くと、河岸を歩いてグルネル橋のところまで行った。でも、そこまで来たところで、このまま進み続けてどうなるのかと考えてしまった。川沿いの建物はもう潰されていて、後には空き地と瓦礫の山しか残っていなかった。一帯は爆撃を受けたかのようだった。後にフロン・ドゥ・セーヌと呼ばれるようになる場所だ。橋の辺りの、河岸で真っ先に目に入る建物も損壊を免れず、コンクリートのファサードだけが残っていた。もしも、ぽっかりと開いた入り口の上にあったあの看板を読まなかったら、使われなくなった車庫かと思うぐらいだった。そこには赤い文字でこう書いてあった。「海軍省のディスコ」

また別の、盛夏の暑さに襲われた七月のパリの午後のこと。僕は涼風に当たりたくてブーローニュの森の辺りにいたのだけれど、そろそろ六十三番のバスに乗って街の中心へ戻ろうとしていた。それが、気が変わって、ヴィクトル＝ユーゴー通りを抜ける辺りまで歩いていった。ある名前が記憶によみがえった。ジョルジュ・ブレノ。かなり前にユットさんの事務所へ来てノエル・ルフェーヴルが失踪したと告げた人、そう、僕が引き取った局留めの手紙の差出人の、あのブレノだ。彼の住所も思い出した。ヴィクトル＝ユーゴー通り一九四番地。それほどに、書類に書かれていた少しばかりの不完全なメモを僕は何度も読み返していたのだ。

今し方、すぐ前の段落で、僕は「かなり前に」と書いた。この言葉はあの七月の午後にも当てはまる。遠すぎて、あれが西暦何年だったかもきちんとは分からないぐらいだ。ムラードの写真を美容院で見つけた前後ぐらいか、それとも「侯爵」ことジャック・Bに出会ったのと同じ年だっただろうか。

僕は通りの左側、偶数番地の方の歩道を歩いていて、九四番地に差し掛かるというところだった。そこには煉瓦と石でできたファサードが際立っている小さなホテルがあって、その窓の金属製の雨戸はいずれも閉まっていた。入り口の扉についている銅製の表札はまだ新しそうだったけれど、建物には打ち捨てられたかのような雰囲気があった。表札には黒い文字でこう書かれていた。「不動産会社ラ・カラヴェル。Ｐ・モリチ」この名前もやっぱり、「ヴィクトル＝ユーゴー通り一九四番地」と同じく、僕の昔のメモに書いてあった。

何分間かためらった末に、誰も出ないに決まっていると思いながらドアベルのボタンを押した。暑いし、辺りは七月で人気《ひとけ》がないし、ファサードの雨戸は皆閉まっているし……それが、午後の気だるさを断ち切る、耳を刺すようなベルの音に驚かされる羽目になった。どれほど深く眠っていても目が覚めるほどの音だった。

扉はすぐに開いた。まるで、人がすでにその後ろにいて誰かの訪問を待っていたかのようだった。禿げ上がった額、明るい色の木材から切り出してきたみたいな硬い顔つき、それに横長の目をした小柄な男がこちらを見つめていた。暗い色のスーツが体にぴったり合っていた。

「モリチさんとお話しがしたいのです」

僕はできるだけ落ち着いた声で話そうと努めた。

「私ですが」

相手は、元々の顔に違《たが》わず硬い笑みを向けて、平然とこちらの訪問に応じた。僕を通すと、扉を後ろ手で閉めた。

彼は一階の一室に僕を招き入れると、椅子の一つを指し示した。その前にある、末広がりの脚のついたテーブルは、上に積んである夥しい量の書類からして、事務机として使われているに違いなかった。

「こちらでできることがあればおっしゃってください」

どことなく親しみのある、朗らかとさえいえそうな口ぶりだった。無表情な顔とは対照的だ。

「いえ、その、いくつか伺いたいことがありまして」

部屋は外よりもさらに暑くて、僕はシャツの袖で額を拭っていた。それが彼の方は、高くて詰まった襟にネクタイを締め、胴回りの絞られた上着を着ていても平気そうなのだった。雨戸が閉まっていただけに、シャンデリアの射るような光がまぶしかった。

「長らく近況を聞けていない、ジョルジュ・ブレノさんの知り合いでもある女性の友人の件なのですが」

事務机の向こうに座って、背筋を伸ばして、彼は歓待の意を込めてこちらを見ていた。そう、そんなふうだった。もしかして僕の訪問は、向こうにとっては、変わり映えのしない仕事日のいい気晴らしなのだろうか。相手は僕が汗をかいているのに気がついた。

「申し訳ありません……口当たりのいい飲み物でもお出しできればよかったのですが……」

彼は少し間を置いて、言い足した。

「私はブレノ氏の秘書で、共同経営者でもありました。それが今じゃ、私が会社を回しているんです。ブレノ氏はローザンヌで昨年亡くなりました」

言葉が途切れた。ある考えがこちらの頭をよぎった。あの秘密を握っている者がここにもいる。そう思ったのだった。

「ブレノ氏がここに住んでいたのを思い出してこちらへいらしたんですよね」

「ええ」

「残念ですが、私どもは数か月後にこの家を取り壊さなければならないのです。不動産取引の関係で」

申し訳なげな様子だった。手に持った鉛筆の端でテーブルを叩き続けていた。

「そのご友人のお名前を教えていただけますか」

「ノエルです……ノエル・ルフェーヴル……」

彼はこちらに目をやっていたけれど、僕を見ているわけではなさそうだった。どうも、何かを思い出そうとしているようだった。

「彼女には確かに会っています……十年ぐらい前かな……ノエル……ええ、そうです……ブレノ氏が彼女を贔屓《ひいき》にしていて……」

彼は微笑んでいた。件のノエルのことを思い出せてほっとしていたのだった。

「彼女は僕に会いに、海軍省のディスコへ何度も来ていた……」

相手はこちらへ身を乗り出して笑みを浮かべた。

「驚くなかれ……ざっくりご説明しましょう……ブレノ氏の会社はそもそも、ブリュッセルで映画館を経営していたのですが、車の交換用部品の商いもしておりまして……」

その口ぶりは、プレゼンテーションでもしているかのように淡々としたものになっていた。

「後に彼は別の会社を創って、グルネル河岸の海軍省のディスコ、それに、ラ・カラヴェルという、シャンゼリゼ地区のレストランを経営していました。私は海軍省のディスコを任されました。

そして彼の方は早々に手を引いた……」

彼は鉛筆で、今度は自分の手のひらを叩いていた。

「こんなことを申し上げるのも、そのお嬢さんが海軍省のディスコへ何度も来て、ブレノ氏に宛てた手紙を私に預けていたからで……私の方は、ブレノ氏からの手紙を彼女に渡したりもしていましたね」

彼は「ブレノ氏」の思い出話をできる相手がいて嬉しそうだった。七月という時期に、雨戸の閉まったこの事務所で過ごす午後は長いに違いなかった。

「彼女は、夜、友人たちと海軍省のディスコへ来たこともありました……私にはひどく場違いに見えましたが……」

相手が黙り込んだので、僕は存在を忘れられてしまったのではないかと思ったけれど、彼はどうやら他の記憶を探し出そうとしているのだった。

「一時ですが、ここに住んでいたことだってあるんですよ……上の階の部屋に……それぐらいです、彼女について申し上げられるのは……」

それ以上のことを知らないのを詫びているふうだった。

「あなたの方がブレノ氏から色々と知らされているんでしょうね……」

「彼はローザンヌで亡くなったんですか？」

なぜこんな言葉を一度は聞き流してしまったのだろう。

「遺憾ではありますが、人はどこででも死ぬんです。ローザンヌのような場所でだって……」

彼は悲しげな目で僕を見た。

「サンチョさんとかいうブレノ氏のお友達とお知り合いだったりはしませんか？」僕は尋ねた。

「いいえ。その名前には覚えがありません。その、支配人で経営者の身としては、ブレノ氏と取引のあった人とか、いやむしろ一緒に働いていた人ですかね、そういう方しか存じ上げていないのです」

相手はまた職業人の口調になっていた。

「ラ・カラヴェルで彼が一緒に働いていたのは、アンセルム・エスコティエ氏、オトン・ドゥ・ボガエルド氏、マリオン・ル・パト・ヴァン氏、セルジュ・セルヴォ氏、それに……」

最後の二つの名前には引っ掛かるものがあったけれど、そのときはそれが何なのかよく分からなかった。

「そうですよね」と僕は言って、相手の話を遮った。長引きそうな気がしたからだ。「では、モリチさんは、そのお嬢さんが一時ここの上の階の部屋に住んでいたのもご存知だったのですね」

「ええ。彼女がパリに着いたばかりの頃でした……ブレノ氏は田舎の方で彼女と知り合ったのだと思います。親しみを込めて「アルプスの羊飼い娘ちゃん」とあだ名していました。ですがそれ以上のことは存じません。彼女はあなたととても近しかったのですか」

「はい、とても」

「それなのに彼女がどうなったかご存知ないのですか」

「ええ」

「で、ブレノ氏のことは彼女から聞いていたんですね」

「そうです。それでブレノ氏が近況を知らせてくれるだろうと当て込んでいたのです」

「まあそう思ってしまいますよね」

互いにしばらく黙り込んだ後、彼は言った
「こちらはちょうど、なかなかに込み入っているブレノ氏の取引を整理しているところなんです。あと、彼の書類も。もし件のノエルさんに関するものが出てきたら……ノエル何さんでしたでしょうか？」

「ルフェーヴルです」

彼は紙切れに彼女の名前を書き留めた。

「お力になれましたら嬉しいです。ご連絡先を頂戴できますか」

僕は自分の名前と電話番号を伝えた。相手は名刺をこちらへ差し出した。

「気が向いたときにお立ち寄りください。いつでもこちらにおりますので。たとえ七月でも」

去り際に、僕たちの上にあって灯っているシャンデリアを見た。ひどく大きかった。彼はすかさず応じた。

「ここは客間だったんです。ブレノ氏がいたときは」

外へ出ると、空気はさっきよりもむせ返るようではなくなっていた。僕はこの、雨戸の閉まった事務所で、シャンデリアのまばゆい光の下、背筋を伸ばして、襟にネクタイをきつく締め、額には汗一つかかずにいる男のことを思い返さずにはいられなかった。僕は考えていた。自分は夢を見ていたのではないか、引き返して確かめなくてよいのか。一九四番地のファサードはまだそこにあるだろうか、「不動産取引の関係」ですでに取り壊されたりしていないだろうか。ピエール・モリチもそんな話をしていたけれど。

そういえば、プリュニエ＝アン＝ソローニュのシェーヌ＝モロー城について彼に尋ねようと思っていたのだった。名前が、ジョルジュ・ブレノからの手紙とノエル・ルフェーヴルの手帳に出ていたのだ。でもそれがどうだというのか。そうしていたところできちんとした答えは返ってこなかったに違いなかった。ノエル・ルフェーヴルに関して彼が教えてくれたいくつかの詳細にしても大まかなものだった。

僕はもう他の誰も当てにしていなくて、しかもそれでくじけるどころか、ある種の快楽に酔ってさえいた。エトワール広場[*5]へ向かって通りを歩きながら、自分がその晩、人格が変わって、俗に「第二状態」と奇妙にも呼ばれる状態になっているのを感じていた。一度だってパリがこんなにも甘やか、かつ、親しげに思われたことはなかったし、哲学者の誰だったかが形而上学的だと評した夏というこの季節の精髄にこれほど深く分け入ったこともなかった。では、ノエル、ことアルプスの羊飼い娘ちゃんは、僕の百メートルほど後ろの、上の階のどこかの部屋に一時住んでいたのか……通りには人気がなくて、それなのに僕は横に気配を感じていたし、空気はいつも吸っているものより濃密だったし、夜も夏もいつもより燐光を放っているみたいに見えた。そしてそれは、後に道のりを白紙に黒い文字で書けるよう、あえて遠回りするたびに、別の人生、あるいは人生の余白を生きるたびに覚える感覚でもあった。

今日、僕はこの本の六十三ページ目に取りかかっていて、インターネットは何の助けにもならないと感じている。ジェラール・ムラードについても、ロジェ・ビヘイヴィヤについても、足跡が見つからない。ブラウザによれば、フランスにノエル・ルフェーヴルは何人かいるらしいけれど、局留めの手紙を受け取っていた彼女と一致する人は誰もいない。

まあいい。だって、そうでなければ本に書くべきものがなくなってしまう。画面に出てくる文をコピーすればおしまい。これではちっとも想像力を働かせられない。

それに、そこで探せるようなデジタル写真は、暗室の中で像が少しずつ現れるところを見せてはくれない。写像や暗室については、十九世紀のとある作家も、こう記していた。局留めで届いていて百年以上忘れられていたのを僕が見つけて、捜索を進めるうえで励みにしていたかもしれない手紙の中で。「私はずっと誰にも話しかけずにいる。そもそも、暗室というこの孤立した空間においてこそ、私は、これから書かれるだろう私の本たちに生気が宿っているのを見ておかなければならないのだ」

多分、時系列に従って、数多《あまた》の目印を手掛かりに進められれば事はより単純だったのだろう。僕の手帳は、ナイトテーブルの二重底から出てきたノエル・ルフェーヴルのものよりさらに空きが多かった。そもそも、正直なところ、僕には手帳を持ったためしもなければ日記をつけたためしもなかった。そうしていればもっと楽にやれたはずだ。でも僕は自分の人生を帳簿につけるような真似はしたくなかった。指の間からすぐに抜け出ていってしまう大金みたいに、それが流れ去るに任せていた。特に用心はしていなかった。将来について考えつつ、自分がそれまでに生きて得た経験はこれからもどれ一つ失われない気がしていた。一つたりとも。僕はあまりに若くて、あるときから人は記憶の洞《うろ》にぶち当たるものだと分かっていなかったのだ。

マテュラン通りの美容室に立ち寄ったときのことと映画年報に載っていたムラードの写真を思い出すと、俗に記憶の洞と呼ばれるものを自分もやはり持っているのだと気がついた。ユットさんがノエル・ルフェーヴルを探すよう「現地」へ僕を送り込んだ春の午後から十年が流れたと、ここより前に書いた。それで、この十年、人生におけるこの些末な事柄について僕がもはや考えなくなっていて、十年の間にあった出会いや体験したさまざまな出来事のせいで十五区でのあの午後が忘却で覆い尽くされたかのような印象を与えてしまった。そんなわけがない。以来、極力時系列に従うよう努めなければならないと思った。そうでなければ記憶と忘却がもつれ合う領域でさまよう羽目になる。

確か、ユットさんの事務所を辞めてから二年経ったかどうかという頃だった。突然、ある午後に歩道で衝撃を感じた。時がにわかに僕を引き戻したか、あるいはむしろ、その二年間が帳消しになったみたいだった。それでまた、捜索を進めているような気分になった。

オペラ広場の盛り土されたところを横切って、地下鉄の入り口の階段を下りようとしていると、遠くに、あの革製品店ランセルの看板とショーウィンドーが見えた。ほんの一瞬足元がぐらつくと、そのせいで僕はよろめいて、長い眠りから覚めてしまった。

そのままランセルへ入って、奥にいる店員の方へ歩いていった。

「すみません、ノエル・ルフェーヴルさんの近況をご存知でしょうか」

はっきりと、一音一音区切るように言ったけれど、相手は分かっていないようだった。

「どなたの近況でしょうか」

彼女はどこか気を許していない様子でこちらを見ていて、僕は、彼女が同僚に、危険人物が来たとでも言いはしないかと怖くなった。こちらは明らかに普通の客のようななりをしていなかったから。

「ノエル・ルフェーヴルです。二年前にこちらで働いていました」

「私はここにまだ半年しかいないので……他の店員にお尋ねくだされば分かるかもしれませんが

……」

彼女は、入り口の脇の机に向かって座っている、三十歳ぐらいの褐色の髪の女性を指し示した。女性はこちらの存在に気づいていなかった。会計と思われる仕事に没頭していた。なるべく目立たないように店を出ようとしていると、相手は目を上げてこちらを見た。

「あの……ノエル・ルフェーヴルさんの近況を伺ってもよろしいでしょうか……二年前にこちらで働いていた……」

彼女は、相手が何者なのか探っているかのように、僕から目を離さずにいた。僕の身なりは簡素で、髪型も無難なものだった。僕はとても穏やかな口調で質問した。咎められるところは何もなかった。

「ノエル・ルフェーヴルのご友人でいらしたんですか」

相手はこの件に興味を持っているようだった。過去時制を使われたのだけが、僕には気がかりだった。

「ええ、それもとても近しい」

「店はあと一時間で閉まるので……ここでは話しにくいでしょう……何でしたら、向かいのカピユシーヌ通りのカフェ・ケディヴで落ち合いませんか……一時間後にでも……」

彼女は立ち上がって出口まで僕と一緒に来ると、カフェの場所を教えてくれた。

僕はテラスのテーブルに座を占めた。その二年前、さらに話を聞き出そうと思って、このカフェで自分はノエル・ルフェーヴルと、彼女が仕事を終えた後に会っていたのだとジェラール・ムラードに言ったのだった。そして、時間が経つにつれ、僕は、自分がムラードに言ってのけたことが本当に嘘だったのか分からなくなってきた。あの局留め郵便用のカードが手元になくて、もっとじっくりあの写真を見られないのが悔やまれた。もしかすると僕はこのノエル・ルフェーヴルとやらに、あれより前に出会っていたのか？　人生には空白が、記憶には照らされない部分が、いくつかはあるものだ。僕がユットさんに任された捜査にしても、いつの日だって、失踪したり居住地を変えたり、あるいはただ単に気まぐれから日々の暮らしにおさらばしたりする人はいるのだから、ありふれた案件だったのだけれど、それをなおざりにできなかったのは、あの写真の顔が何かを、もしかすると別の名前の人物として出会っていたかもしれない誰かを思い出させるせいかもしれなかった。

彼女が通りを渡ってくるのが見えたので、腕を上げて招き寄せた。彼女は、僕がいるテーブルの前に立って言った。

「マドレーヌ駅までご一緒していただいて構いませんか？　そこから地下鉄に乗るので……私、今日は普段より早く帰らなくちゃいけなくて……」

僕たちはランセルのショーウィンドーの前を通ってから広場を突っ切った。相手はずっと黙っていた。マドレーヌ駅までということになると、話す時間はあまりない。僕から口火を切らなければ。

「ノエル・ルフェーヴルのご友人でいらしたんですか」

「ええ。彼女がランセルに入ってきてすぐに友達になったんです。よく一緒に出かけていました」

相手は、こちらが先に一歩を踏み出したのでほっとしたようだった。触れにくい話を切り出さずに済んだと言わんばかりだった。

「それで、もう彼女の近況については何も分からないのですね」

「そうですね。二年前からずっと」

「僕もです」

この時間、カピュシーヌ通りの歩道は混むのだった。人々はそれぞれの職場を出て、地下鉄か地上を走る列車に乗ろうとサン＝ラザール駅へ向かっていた。彼らは皆、僕たちとは逆の方へ歩いているようで、僕は自分たちが人混みの中で互いを見失ってしまうのが、彼女が速く歩いていて、こちらはどうにかついていっていただけに怖かった。念のために相手の腕をつかんでおけばよかったのかもしれないけれど、それで場違いな真似をすると思われるのはいやだった。

「彼女がいそうな場所についても、心当たりは何もないのですか」

「ええ、何も。彼女の夫がランセルに来たことはありました。話してみたんですけど、彼にもよく分からないみたいです」

思い出を呼び起こしている彼女は辛そうだった。すべてが過ぎ去ってみると、彼女はカフェで僕と差し向かいになっているより、人混みの中で二人一緒にいるときにノエル・ルフェーヴルのことを思い出す方がいいと感じていたのではないかという気がする。

「彼女の夫のことはよくご存知だったんですか」

「そんなには知りません。二、三回なら会っているはずです。私たちはいつも、ノエルと私の二人で出かけていたんです」

「では、ジェラール・ムラードのことは？」

「演劇の講座を取っていた、あの背の高い、褐色の巻き毛の人ですか」

彼女は顔をこちらへ向けていた。顔には皮肉な笑みが浮かんでいた。

「ノエルがその舞台芸術の講座に私を一度連れて行ってくれて……ランセルのすぐ近くでしたね……」

相手が実に速く歩くので、ついていくのに加え、話を聞き取るのも大変だった。しかもその声が、そもそもとても小さかった。

「彼女の夫のことはよくご存知だったんですか」彼女は僕に訊き返した。

「いいえ」

「彼女、言っていました。夫は少しうつ気味なんだって。いつも彼女が仕事を探してあげていました。まあ、あの人が本当に彼女の夫だったかどうかも分からないんですけど……」

ノエル・ルフェーヴルの手帳にあったメモが思い出された。それが暗号か何かであるかのように、解読したいあまりに覚えてしまったあらゆるメモ書きの中にあったものだ。「ジョルジュの名においてマリオン・ル・パ・ヴァンに、彼女の運送会社でロジェに仕事を当てがってもらえるか訊いてみること」

「その人は彼女の夫ではなかった、と」

「思うに、ノエルの恋愛事情は複雑で、それが彼女の心配の種になったりもしていたんじゃないかな……向こうからそんな話は一切聞かなかったんですけど……」

「二人して一緒に出かけていたのに？」

質問らしい質問をしなかったのは、相手が口を割らない気がしたからだ。ノエル・ルフェーヴルの失踪の話をするのは、彼女には苦しいに違いなかった。二年も経っているのだから、彼女も僕と同じで、間遠にしか、それについて考えなくなっていたはずだった。流れる日々は必ずやその上を覆っていく。

「ええ、私たちは一緒に出かけていました。彼女はたまに面白いところへ連れて行ってくれて。グルネル河岸のところのディスコとか」

「海軍省の？」

「そうです。彼女、連れて行ってくれましたよね？」

相手は立ち止まった。何らかの答えを待っていて、かつその答えが自分にとって重要な意味を持つと言わんばかりだった。

「いいえ、一度も」

「変なの」彼女は言った。「私、いつだったか、あなたがさっきのカフェで彼女と一緒にいるのを見た気がするんです……あの、ランセルの向かいの……」

「そんなことは。思い違いでしょう……」

「じゃあ、あなたに似ている誰かだったとでも……」

僕たちは、人混みから離れた、突き当たりにエドワール七世劇場のある袋小路の入り口にいた。その路地には人気がなくて、僕たちが流れに逆らって進まなければならなかった通りの人波とは対照的だった。

「海軍省のディスコの他にもノエルがよく連れて行ってくれた場所があって……シャンゼリゼ地区の……袋小路の入り口でした……私たちが今いるところみたいな……」

相手は腕時計を見ながら言った。

「間に合わなくなっちゃう……あの、私……」

彼女はもう歩きはじめていて、僕はまたもどうにかこうにか人混みの中をついていった。向こうは黙ったままで、気がかりなことでもあるふうだった。僕の存在やノエル・ルフェーヴルについての一切を忘れてしまったようでもあった。

「となると」僕は言った。「彼女と付き合いがあったのは数か月の間だけなんですね」

「三か月ぐらいです。でも本当に仲良しだったんですよ」

相手は急に真剣な口調になった。驚いたことに、彼女は僕の腕を取った。

「あなたは長らく彼女のお知り合いだったんですか」

「ええ。とても長い間。僕たちは同じ地方の生まれなんです。アヌシーの辺りの」

二年前にムラードに言った台詞だった。そしてその夜、僕にはそれがあながち嘘ではない気がしていた。

「彼女が田舎の生まれなのは知っていましたけど、彼女からあなたの話を聞いたことはなかった……」

「僕たちはここ何年か、もうそんなに会わなくなっていて……確か、彼女に新しい友達が何人かできたんですよね……」

ある名前を挙げてみようと思っているのに、それはこちらから逃げていくのだった。やがて、ふと思い出した。

「彼女の友人にジョルジュ・ブレノという男がいるのですが、ご存知ですか。五十歳ぐらいの……」

相手は考え込んでいるようだったけれど、その間もこちらの腕から離れないでいた。

「五十歳ぐらいの？　ああ、海軍省のディスコと、シャンゼリゼの方で先ほどお話ししたあの場所の所有者の方でしょう……それとも、もしかしてもう一人の……」

件のブレノはあまり彼女の興味を引かないようだった。再び向こうは黙り込んで、こちらも尋ねることはもうなかった。僕たちはマドレーヌ駅に着こうとしていた。地下鉄の入り口は目の前だった。

「彼女にはもう一人女性の友人がいて……ミキ・デュラックっていう人なんですけど……どこで知り合ったんだろう。この人はたくさんの人を彼女に引き合わせていて……けど私はノエルと二人きりでいる方が好きだった……ミキ・デュラックにお会いになったことは？」

彼女は探るような目つきでこちらを見つめた。ミキ・デュラックなる人物をあまりよく思っていないらしかった。

「いえ、一度も」

「ノエルのことはあまり話せませんでしたね」彼女は言った。「よろしければ、またお誘いいただければ……」

彼女はハンドバッグを開けると名刺を差し出した。そのまま、地下鉄の入り口などという場所でぶつかられずに二人でいるのは無理だった。混む時間だったから。

彼女はこちらの手を握っていた。何か言いたそうだった。

「あの……どうしてこうなったのか考えてみているんですけど……彼女、死んじゃったんじゃないかな……」

そう言うと、彼女は急に僕を置いて行った。階段を下りる人群れの流れに飲まれたかのようだった。


しばらくして、僕は名刺をなくしてしまったのではないかと怖くなった。ズボンのポケットの奥にあったのだけれど。フランソワーズ・ストゥールとあった。住所と電話番号はルヴァロワ＝ペレのものだった。「彼女、死んじゃったんじゃないかな」彼女は小さな声でそう告げて、僕は何とかそれを聞き取ったのだった。

考え込んでも無駄だった。そんな話は僕にはしっくり来なかった。今改めて考えてみても、

「彼女、死んじゃったんじゃないかな」のような決定的な言葉は、ノエル・ルフェーヴルを取り巻いているように思われる、あのぼんやりとして曖昧な雰囲気にはそぐわなかった。パズルのピースを揃えて、それでもって明確で揺るぎのない像を手に入れさえすればよかったのであれば、あの晩、地下鉄の入り口のところでフランソワーズ・ストゥールと一緒にいたとき、もしかするとあの言葉にあれほどの衝撃は受けなかったかもしれない。しかるに、ある人生をその人生たらしめているものを細かく拡大鏡で見ていっても無駄なのだ。そこにはずっと、秘密や消失線が留まり続ける。そして、それこそが死の真逆にあるものだと僕は感じていた。

加えて、若かった頃よりもはっきりと見えてきた問題の側面もある。証人を当てにできるのかということだ。ノエル・ルフェーヴルについて明らかにしてくれてもよさそうだった彼女の関係者が、ジェラール・ムラードであれフランソワーズ・ストゥールであれ、こちらに何を教えてくれただろう？　特に何も。あることを解き明かせたと思ったら、別のことですべてが曇らされてしまったりする。ラジオのノイズが音楽を聴けなくしてしまうみたいだ。しかもその証人たちにひどく現実味がないものだから、一度会って、彼らに答えが返ってこないような質問をすると、つながっておく必要さえもう感じなくなってしまう。

とはいえ、フランソワーズ・ストゥールには後にまた会っていて、その件については思い切りがつけば話そうと思う。では、ジェラール・ムラードは？　あの映画年報を手にマテュラン通りの美容室を出たとき、十年来、彼のことを一度たりとも考えなかったと思った。ただ、さほど好奇心のない僕には知る由もなかったけれど、彼はテアトル・ミシェルで『世界の終わり』の端役を演じていて、こちらが楽屋を訪ねることだってあり得た。そうしていたところで、がっかりしていただろうけれど。向こうはノエル・ルフェーヴルについても、僕たちが出会ったときのことについても忘れてしまっていただろう。ミキ・デュラックに関しては、その二年前に、ブリュヌ通りの数限りなく並ぶ建物の間で探し出すのを諦めていた。

時系列に従って、ここ何年もの間においてノエル・ルフェーヴルが再び頭から離れなくなったときのことを、それぞれについてきちんとした日時を示しつつ書き留めたいと思ってしまう。こんなにも長い期間にわたる過去の日程を整理するなど無理なのに。ペンが走るにまかせておく方がいいのではないか。そう、思い出はペン先についてくる。手荒な真似はせず、できる限りそのままそれを書いていかなければ。語や文のせき止められない流れの中では、忘れてしまったり、自ら記憶の奥底に、なぜだか葬り去ったりした事柄が、面《おもて》へ少しずつ上ってくる。手を止めるなどもっての外で、かなり急なゲレンデを、白いページを進むペンのようにどこまでも滑っていくスキーヤーの姿を念頭に置いておかなければならない。取り消し線はその後だ。

どこまでも滑っていくスキーヤー。今では、この言葉は自分が思春期の何年かを過ごしたオート＝サヴォワを僕に思い起こさせる。アヌシーに、ヴェリエ＝デュ＝ラックに、ムジェーヴに、モン・ダルボワ Mont d'Arbois に……

映画年報でムラードの写真を見つけたのと同じ年の、ある七月の午後に、アヌシー時代の友人の一人、さらにいえば、「侯爵」とあだ名されていたジャック・Bなる人物に、リシュリュー＝ドルーオの交差点で出くわした。それで、ノエル・ルフェーヴルが「アヌシー近郊の村」の生まれなのを思い出した。僕は、ユットさんの書類に載っていたこの情報にあまり重要性を付与していなかった。あれ、つまりあの書類はあまりに不完全で、あやふやな点だらけなので、ユットさんは、自分の一存でノエル・ルフェーヴルの出生地として「アヌシー近郊の村」を選んで、面白いとは思えない「案件」をさっさと片づけたかったのではないかと思っていたのだ。

ジャック・Bには十年間会っていなかった。オート＝サヴォワで知り合ったあらゆる人たちと、そんなふうだったのだけれど。

彼は、少し下ったところにある新聞社で働いていると言ったので、僕たちはカフェ「カルディナル Cardinal」で落ち合って、向かい合わせに座った。

室内には人気がなかった。「侯爵」がいるせいで、僕は、夏の昼日中に、アヌシーの、あの「タヴェルヌ Taverne」という店のアーチをなす天井の下にまた来たような気分になった。

僕は、侯爵がアヌシーでの美しい日々からそのときに至るまでの「経緯」――彼はそう言っていた――を語り明かすのをただ聞いていた。フランス外国人部隊[*6]でのつかの間の日々。数か月後の除隊。リヨンでちょっとした仕事をいくつかしたのち、列車でパリへ。そしてしまいには三面記事担当の新聞記者になって、もう二年になるのだった。

「どうして外国人部隊に？」僕は尋ねた。

昔、マリン・スポーツのできる浜やアヌシーの街角にいたときには、彼は実に伸びやかで気楽そうだったから、そんなところに入隊するとは、予想しようとしてもできなかっただろう。

「何かそうなっちゃったんだよね」相手は肩をすくめて言った。「こちらではどうにもできなくて……」

僕は、ある種の生き辛さをその頃の彼が抱えていたのに気づけなかったのを悔いた。

「あのさ、アヌシーで、ルフェーヴルって人と知り合いになったりしてない？」

「綴りにbは入ってる？」

彼はまたあの皮肉な笑みを浮かべていた。僕の記憶を決して去らない微笑みだった。

「入ってる」

「Lefebvre ルフェーブヴルか……」

しかも彼はそれを、bがはっきり分かるように発音した。

「うん、いた……サンチョ・ルフェーブヴル……」

サンチョ・ルフェーヴル。その名前にも覚えがあった。ここで出てこなければ、それがノエル・ルフェーヴルとつながることはまずなかっただろうけれど。

「俺たちより年上のやつで……お前には知り合いようもなかっただろうな……アヌシーで会った、ただ一人のルフェーブヴル……にしても、何かあるの、サンチョ・ルフェーブヴルにさ？」

向こうは、いつまでも変わらない笑みをたたえて、驚いた様子もなく僕を見つめていた。いや、少しは驚いていた。サンチョ・ルフェーヴルが僕たちのすぐそばに、幽霊か、そうでなければ死人か何かのように現れたのだから。

「あいつは十五年前にアヌシーを離れなくちゃならなくなって……ときどき戻ってきてはいたけど……スイスだかローマだかで暮らしていたな……いやむしろパリだったりして」

それで、ふと、アヌシーでの夏の昼下がりが思い出された。僕は、ソメイエ通りにあったホテルのホールへ逃げ込んで陽射しと暑さから身を守っていた。人が三、四人、横に座っていて、「サンチョ・ルフェーヴル」という名前が彼らの会話にたびたび出てきた。この名前、それも、姓ではなく「サンチョ」の方を除いては何の言葉も聞き取れなかった。十年前に局留めで届いていたのを勝手に読んだ、ノエル・ルフェーヴル宛の手紙にあったのと同じ名前だった。

「変なやつだった……いつも、車であいつがアヌシーへ帰ってきたと分かった……イギリスだかイタリアだかのスポーツカーで……いや、幌つきのアメリカ車だったか……」

「何歳になっているのかな、今？」

「三十九か四十」

「結婚はしている？」

「ううん」

僕の前に座っていながら、ジャック・Bは自分の思索にふけっているようだった。

「アヌシーでの最後の年、フランス外国人部隊に入隊する前に……僕たちはやっぱり会っていると思うんだよね……一九六二、三年だったっけ……で、耳にしたんだ、サンチョ・ルフェーブヴルが二十歳の娘さんとアヌシーを発ったとか……それでその彼女と結婚までしたとか、そんな話を……」

「その娘さんのことは知らなかったの？」

「そうだね」

「その人、ノエルって名前じゃなかった？」

「アヌシーでノエルさんと知り合いになったことは一度もない」

僕たちは一通り色々な話をした。こちらからあれこれ質問するのは気が引けたので、説明に聞こえるような言葉を探した。

「要は、一人の友人が十年前に巻き込まれた事件が気になっていて……人が失踪したんだ……で、その娘さんがアヌシーの辺りの生まれなものだから、もしかして、と思って」

「事件？　まあ不思議はないな。サンチョ・ルフェーブヴルみたいなやつが絡んでいれば、何だって起こり得たさ」

向こうはずっと過去形で話していた。ふと、僕は自分が過去とその謎を思い起こすのにひどく疲れていることに気がついた。何だか、何十年もの間、古《いにしえ》の言語、言うなればエトルリア語[*7]みたいなのを解読しようとしている人たちみたいだった。

僕たちは、昨日今日の話をするような口振りで当たり障りのない話を続けた。その後、住所と電話番号を交換すると、僕はリシュリュー通りを、彼の勤め先の新聞社まで彼と一緒に歩いた。社のホールへ入るというときになって、彼は微笑んで言った。

「よければ、サンチョ・ルフェーブヴルの件についてもっと調べてみるよ」

あの日の気分が思い出される。「侯爵」ことジャック・Bと別れてから、グラン・ブールヴァール[*8]を歩いていったのだった。映画館「レックス」[*9]の辺りで、そこから数百メートルのところにいるはずのフランソワーズ・ストゥールに会いに行こうと思った。果たして彼女はまだランセルに勤めているだろうか？　そうだとすれば、彼女の退勤まで一、二時間待たされるはずだ。まあいい。彼女は多分サンチョ・ルフェーヴルのことなど知らないだろうから。

僕は途方に暮れていた。してみると、ノエル・ルフェーヴルは法的な場においてノエル・ビヘイヴィヤと称したためしはなく、僕がアヌシーで知り合うはずはないとジャック・Bが言っていた、あの謎の男と結婚していたのだ。サンチョ・ルフェーヴルの奥様か。では旧姓は？　彼女は十年来姿を消していただけでなく、僕に言わせれば、名字のない娘になっていた。名前の方にしても、ノエルで合っていたのだろうか。

続く何日かの間に何度も、僕は、ジャック・Bに電話して、また会えないか尋ねてみなければと思った。彼はオート＝サヴォワ時代のことを話せる唯一の人だった。それに、謎の人物サンチョ・ルフェーヴルと、ノエル・ルフェーヴルが二人してあの地方とのつながりを持っていたという事実も気がかりだった。フランスではよくある名字だけれど、多分オート＝サヴォワでもそうなのだ。

やはり独りで、ジャック・Bの助けさえ借りずにどうにかしなければ。僕は、オート＝サヴォワで知り合ったあらゆる人たちを列挙しつつ、彼らのうちの誰かがサンチョまたはノエル・ルフェーヴルについて手掛かりを与えてくれればと思った。初めは、この仕事は自分には耐え難いというのが正直なところだった。かつては馴染みのあった一帯のとても詳しい経路を示され、それをたどる羽目になっている記憶喪失者みたいな気分になった。そんな人が自身の過去のすべてをふと思い出すには村の名前の一つでもあれば事足りるのではないか。

僕がこの手の課題に取り組むのはそれが初めてだった。ユットさんにノエル・ルフェーヴルを探すよう十五区へ送り込まれて、彼が作成した書類から、彼女が「アヌシー近郊の村」の生まれなのを知りつつ、僕はそれを自分自身のオート＝サヴォワでの日々と結びつけて考えようとはしなかった。それらの日々の記憶はまだ新しくて、直近のものなどは三か月前に遡るかどうかというぐらいだったのだ。とはいえ、僕には過去を振り返る癖も趣味もないのだった。

驚いたことに、実にたくさんの名前が思い出されてきた。それらを手帳に書いていると、対応する顔がスライドさながらに連なって流れていった。くっきりとしているものもあれば、ぼやけてしまって、後光やらあやふやな輪郭やらに口や眉毛がかろうじて浮かび上がって見えるにすぎなくなっているものもあった。顔の大半はそれと認められなくても、名前の方はきれいに残っていた。

ルルー・アロゼ、ジョルジュ・パニセ、イエルタ・ロワイエ、シュヴァリエ、ベッソン医師、トレヴー医師、パンパン・ラヴォレル、ザズィ、マリー＝フランス、ピエレット、ファンション、キュール・ウィック、ロズィ、シャンタル、ロベール・コンスタンタン、ピエール・アンドリュー……と名前があふれ出し続けた。小声でそれらを唱えてみたところで無駄だった。どれ一つとして、見知らぬ人たちが、ソメイエ通りのあのホテルのホールで、ある夏の午後に口にしていたサンチョ・ルフェーヴルという名前と結びついてくれなかった。自分が間違った方へ進んでいる気さえしていた。あの頃オート＝サヴォワで知り合ったあらゆる人たちを思い起こすのに力を尽くそうものなら、サンチョ・ルフェーヴルなる人と、彼と同姓のノエルは、それらの人々の群れの中へ消えてしまって二度と見つからなくなるだろう。そう、僕は実にまずいやり方を選んでしまった。奔流をなす思い出が、より密やかな他の思い出を隠して、それらの流路もそのままかき消してしまうかもしれなかった。

それが、ジャック・Bや彼との会話を思い返していると、サンチョ・ルフェーヴルとの出会いにつながりそうな道に戻ってきた。そのときは特に気にならなかったジャック・Bの一言が、再び、ただし最初よりもくっきりと聞こえた気がした。「変なやつだった……いつも、車であいつがアヌシーへ帰ってきたと分かった……」さらに、ある幌つきのアメリカ車の姿が少しずつ僕の心に迫ってきて、暗室の中で写真が現像されてくるのを待っているような気分になった。暑夏続きだった一九六〇年代初めのある夏に、僕はアルビニー通りのさまざまな場所にそれが停めてあるのを何度も見たのだった。左側の歩道の県庁舎前の辺りやら、右側の歩道の、新聞社「スポルティング Sporting」の支局の辺りやら。カジノのカフェの前にあったりもした。でも、正確なところいつの夏だったのか。ある昼下がり、ヴェリエ＝デュ＝ラックの浜から道を上っていって、道路沿いの、郵便局や教会の手前にある小さな店で新聞を買ったことがあった。新聞の最初のページには、大きな黒文字で、ある名前が書かれていた。知らない名前ではあったけれど、その音の響きは胸を刺した。「ビゼルト[*10]」、静かで、心を乱すような響きで、子どもの頃、車庫の薄暗がりの中で読む練習をした二音節の語「CAS/TROL カストロル」のようだった。してみると、「ビゼルト危機」と呼ばれるものの日付を探しさえすれば、あの夏が西暦何年だったか分かるだろう。

　あれは、近郊の村での一年の寄宿生活の後にアヌシーで過ごした最初の夏だったはずだ。僕はカジノの映画館を出た。ほぼ真夜中だった。ヴェリエ＝デュ＝ラックの僕の部屋へは、歩いて戻ることはできたけれど、時間がかかりそうだった。ではヒッチハイクでもするか。それか、朝の六時頃まで待って駅前の広場でバスに乗るか。そのとき、マルキザ家の浜 la plage des Marquisats で前週に出会った若者が、こちらへ向かってくるのが見えた。ダニエル・Vという名前で、僕より年上だった。休暇に入ってからというもの、Ｖはテニスを教えて少しばかりのお金を稼いでいたけれど、彼自身の言によると「ジュネーヴかパリのホテルで働く」ため、十月にはアヌシーにおさらばするつもりだった。ヴォージュラ通りのサントラ Cintra にバーテンダーとして六か月勤めた後とあって、ちょっとした職務経験はもう積んでいた。

「こんなところで何してるの、それも独りでさ」

僕は言った。ヴェリエ＝デュ＝ラックへ帰らなければならない、でも帰り方が分からない、まあ歩けばいいか。

「そんな、よせよ……俺が送っていくから……」

相手は満面の笑みを見せた。追加でカクテルを作り、遅れてカウンター席に着いた孤独な客に勧めるバーテンダーの微笑みだった。

彼はアルビニー通りへ僕を連れて行った。

「車を停めているんだ。もう少し先なんだけど……」

その時間には、通りは人気がなくて静かだった。樹々のざわめきが聞こえていた。道を進むにつれて、僕たちを照らすのは満月だけになった。少なくとも、僕の記憶の中では。シュミット邸のところまで来ると、幌つきのアメリカ車が一台歩道に停めてあった。見たことがあるとすぐに気づいた。同日、ロワイヤル通りに停めてあるのを見たのだった。

「持ち主がいつもダッシュボードにエンジンキーを置きっぱなしにしているんだ」

相手は車のドアを開けて、僕に乗るよう促した。僕はためらっていた。

「心配ご無用」彼は言った。「やつは何も気づかない」

僕はシートに座り、向こうはドアを思い切り閉めた。手遅れだった。

彼はハンドルを握った。彼がエンジンキーを回すと、アメリカ車ならではのエンジン音が聞こえてきた。そのまま離陸してしまうかのような響きでこちらを子どもの頃から散々びっくりさせてきた、あれだった。

県庁舎を過ぎて、湖沿いの道へ入った。僕はパトカーと鉢合わせしそうな気がしていた。

「何か落ち着かなそうだな」彼は言った。「大丈夫だって……やつのスケジュールは頭に入ってる。午前三時より前には車に戻らない。カジノで遊んでいるから」

「でも、何でその人はダッシュボードに鍵を置いていくんだろう」

「車のナンバーはイタリアのローマのものだ……ダッシュボードにエンジンキーを置いていくのが、あっちではきっと普通なんだ」

「自動車登録証を見せるように言われたら？」

「やつが車を貸してくれたって言うさ。あの人を引き合いに出しておけば万事うまく回る」

ダニエル・Ｖのお気楽さは、しまいにはこちらにもうつった。いずれにせよ、僕はまだ十七歳にもなっていないのだった。

「前回この車を借りたときは、ラ・クリュザ[*11]まで行ってさ……」

運転はゆっくりになっていて、エンジン音はもう聞こえなかった。車体がかすかに上下に揺れるのが感じられた。水の上を漂っているかのようだった。

「あの人のことは知らないけど……この地方の生まれで……夏の間はアヌシーへときどき帰ってくる……この二年はそうだった。車で分かったんだ……名前はセルジュ・セルヴォで……」

彼はグローブボックスを開けると免許証を差し出した。載っていたのは、その通りの名前と、まだ若いけれど僕たちよりはずっと年上だと思われる男の写真だった。その後何か月もの間、セルジュ・セルヴォという名は僕の記憶に残り続けることとなる。

「今夜は折角の機会だからジュネーヴまで行こう」相手は言った。「どう？」

とはいえ、彼は僕の眼差しに不安が浮かんでいるのを読み取っていたに違いなかった。こちらの膝を軽く叩いて、こう言ったのだ。

「そんな……本気にするなよ……」

彼がさらに速度を落としたので、車は滑るように静かに進んでいって、エンジンに頼らず勝手に動いているかのようだった。眼前には人気のない通りが開けていて、湖面には月が映っていた。シャヴォワール Chavoire からは、もう何の不安も感じなくなった。車が自分たちのもののような気がし始めていた。

「明日の晩、同じ時刻にまた出かけてもいいかもね」彼は言った。

「車は同じ場所に停めてあると思う？」

「あそこか県庁舎前だな。昼間なら、タヴェルヌから数えて一番目の通りの右側のアーケードのところ」

僕はあまりの厳密さに驚いた。僕たちはもうヴェリエ＝デュ＝ラックに入っていて、僕が日曜の晩に寄宿舎へ帰るバスに乗る、あの停留所の目印になっている大きなプラタナスの樹を通り過ぎていた。

開けっ放しになっている僕の学校「ティユール」の門を越えようというところで彼がエンジンを切ると、車は坂道を滑っていって、建物の入り口で停まった。

「今度の夜にはジェネーヴへ行こう」

彼は後退りしながら大きく手を振った。別れの合図だった。


彼に再会したのは翌年の十一月、日曜日に寄宿舎へ戻る途中のことだったはずだ。その晩、ヴェリエ＝デュ＝ラックでバスに乗ると、席はもうすべて埋まっていた。僕は他の乗客に混ざって立っていた。彼もやはり、僕のすぐ近くで立っていて、制服姿だった。

「そうだよ、俺だってば」彼は気まずそうに微笑みながら言った。「アヌシーで兵役に服しているんだ」

彼の説明はこうだった。彼はもう結婚していて、相手は彼との子どもを身籠もって六か月になる。彼は、アレックスという小さな村にある相手の実家に、相手と一緒に住んでいる。軍から許可が降りたので、家へは毎晩帰れる。

彼の顔は変わってしまっていた。坊主頭のせいもあるけれど、眼差しに浮かぶ悲しみによるところが大きいように思われた。

「そっちはどう？」彼は尋ねた。「今も学業は続けているの？」

「そうだね」

答えてはみたものの、それ以上どう言えばいいのか分からなかった。

バスがアレックスの村で停まる前に、彼は僕の腕をつかんで言った。

「バスよりか、セルジュ・セルヴォの幌つき自動車に乗っている方がやっぱり気持ちよかったよな」

そして、自分に言い聞かせるかのように言うのだった。外国のホテルで働くのを諦めたわけではない。ジュネーブはなしだ。あまりに近すぎる。ロンドンとかかな、と。

自分が行っていた捜索の顚末を明るみに出そうとするにつれ、とても奇妙な感じがしてきた。すべてがもう隠顕インクで書かれているように思えるのだ。辞書を引いてみると。「書いたときは無色だが、特定の物質に反応して暗色を呈する」とある。もしかすると、ページをめくっているうちに、見えないインクで記されたものが少しずつ現れてきて、ノエル・ルフェーヴルの失踪について長らく疑問に思っていた点や、それを疑問に思っていた理由の一切は、警察調書の記述のような正確さと明快さをもって解き明かされるのではないか。几帳面な、僕のものに似た字で説明が事細かになされ、謎は一掃される。そうなれば、僕は自分自身をよりよく知ることができるかもしれない。

隠顕インクという考えが頭をよぎったのは、何日か前、ノエル・ルフェーヴルの手帳を再び繰っていたときだった。四月十六日のところに「ロベール＝エスティエンヌ通りのラ・カラヴェルでサンチョに会った。あの場所には戻るべきじゃなかったな。どうしたらいいんだろう？」とあった。僕は以前それを読んだためしはなかったし、そのページは確かに白紙だった。それらの言葉は、他の書き込みより相当薄い青インクで書かれていて、消えかかっていると言っていいぐらいだった。他の白いページについても、近くから、強い光を当てて見ていくと、筆跡が透けて見えるような気はしたけれど、文字や語は見分けられなかった。どうやらすべての白紙がそんなふうらしく、彼女が日記をつけていたか、夥しい数の約束をメモしていたかのようだった。辞書にあった「特定の物質」とやらについて調べてみよう。おそらくは普通の店ですぐ見つかるようなもので、それがあればノエル・ルフェーヴルが手帳に書き留めたことすべてが、昨日書かれたばかりであるかのように白い紙面に浮き上がってくるのだ。あるいは、それらはなるようになるもので、日ごとに判読できるようになっていくのか。だったら、時が過ぎるのを待つしかない。

「ビヘイヴィヤ」の名前の綴りにしても、間違えていたと知るのに十年かかったのだ。

僕はそれをジェラール・ムラードから口伝てに聞いただけだったのだけれど、英語風に「Behaviour」と綴るものだと思い込んでいた。そうではなかったのに。誤りに気がついたのは、ある午後、ラジオ・フランスの本社 Maison de la Radio へ向かって河岸を歩いているときだった。

僕は、高架線路やアルボニ小路 square de l'Alboni の階段の手前にある大きな車庫のところまで来ていた。車庫の入り口には白い看板が掛かっていて、赤文字でこう書かれていた。

トロカデロ宮殿車庫
R. Béavioure
クライスラーの取り扱いに従事
昼夜を問わず営業

この地区はよく知っていたのに、この看板に全く気づいていなかったとは。それもこんな名前が書かれていたというのに。Béavioureか。まあ、文字や名前は現れ出るのに一定の時間が必要なものなのだろう。ノエル・ルフェーヴルの手帳のページのものにしても。この件で、記憶に洞があったところで、人生のあらゆる事柄は隠顕インクでどこかしらに書かれてはいるという僕の考えは、より揺るぎないものとなったのだった。

ガラスのはまった仕切り壁を挟んで、男が一人、金属製の机の向こうに座っているのが見えた。首を傾げていて、書類を見ているようだった。僕は窓ガラスを軽く叩いた。彼は顔を上げてこちらを向くと、入るよう促した。

僕は立っていて、正面には彼がいた。五十歳ぐらいで、白髪を短く刈り上げていて、眼差しや、陽に焼けて髪と対照をなしている滑らかな肌のせいか、どことなく若やいだ顔をしていた。

「何かご用でしょうか」

声もやはり若々しくて、軽いパリ訛りがあった。

「ロジェ・ベアヴィウール Béavioureさんでいらっしゃいますか」

「ええ、そうです」

「ちょっとお伺いしたいのですが……」

紺の平織地のジャケットに黄色いポロシャツを合わせているのが、いかにもスポーツを嗜《たしな》んでいそうな風情だった。

「どうぞ……」

微笑みかけてくるその顔は、おそらく若い頃から変わっていないのだった。僕は、こちらが話の核心に触れるや、相手の微笑みがこわばるのではないかと怖かった。

「お名前が気になったもので……」

「私の名前が……？」

相手は眉を寄せ、微笑みは消えた。

「かなり前に、僕の友人の何人かと付き合いがあったことがあるのでは……」

言葉は少し唐突かもしれないけれど、僕はとても柔らかい声でそう言った。

「友人の何人か？　どなたのことでしょうか」

「ノエル・ルフェーヴルと名乗る若い女性と、ジェラール・ムラードという名前の若い男性です。遠い昔の話ですけど……僕たち、ほぼ同い年ですよね……」

重い言い方にならないように努めつつ、信用してもらえるよう心を尽くしてこちらの思いを伝えた。それでも、よく分からない不安は残った。

相手は眼差しを曇らせると、黙り込んだ。こちらの言ったことが彼の気に障ったのか、それとも彼は記憶を掘り起こそうとしているのか。

「ご友人のお名前をもう一度おっしゃっていただけますか」

「ジェラール・ムラードとノエル・ルフェーヴルです。ノエル・ルフェーヴルが忽然と消えてしまって。彼女はロジェ・ベアヴィウールさんという人と一緒に住んでいると聞いていたもので……」

「一つ目の名前には全く心当たりがありません。ですが、ノエルという娘さんとは付き合いがありました。そんなことも今では時の彼方へ沈んでしまいましたが……」

「その人だと思います……」僕は言った。「彼女はその頃ヴォージュラ通りに住んでいた」

「いいえ、ヴォージュラ通りに住んでいたのは私で……彼女はコンヴァンシオン通りに住んでいました」

相手は、話を切り上げようとするかのように短く頷いた。

「ノエル・ルフェーヴルがどうなったか一度も聞いていらっしゃらないのですか」

「ええ」

彼はこちらを見つめていた。言うべき言葉を探しているみたいだった。

「彼女が消えてしまったとおっしゃいますが、彼女は単にパリを離れただけです。私の記憶違いでなければですけど」

そのとき、机の上の電話が鳴った。彼は受話器を取った。

「お客様がお見えになっているけど……こちらへ来て構わないよ……」

彼は受話器を置いた。

「ね、人生には思い出さない方がいい時期もあるんです……それにどうせ、そんなのはいずれ忘れてしまうものですし……それでいいんです……私自身、若い頃は色々とややこしかったので……」

彼はやはり微笑んでいたけれど、その笑みは少し引きつっているようだった。

「分かります」僕は言った。「僕もそうでしたから。そんな僕たちに共通の知り合いがいたなんて。偶然にしては……」

「ただの偶然ですよ」

先ほどよりずいぶん素っ気ない口調だった。

「遠い昔の……それもほんの少しの間……せいぜい三か月……だけ付き合いがあった人の話でしょう……これ以上申し上げられることなんて」

多分それが正直なところだったのだろう。三か月など人生においては無いも同然だ。そして、月日が経ってみると、ノエル・ルフェーヴルはもう、彼にとって、うっかり感光させてしまった映画のフィルムに映っている端役、顔も分からなくて、後ろ姿の輪郭だけが後景に見えているような端役の一人でしかなくなっていたのだった。

「ですよね……それなのにつきまとってしまって申し訳ありませんでした」

相手は驚いたようだった。僕はおそらく悲しげな声でそう言っていたのだ。向こうがこちらの役に立とうとしてくれているのを感じた。いや、ただの職業病かもしれない。それにしても僕は客なのだ。彼も電話でそう言っていたのだから。

「でもどうして彼女を探し出したいんです？　ノエルはあなたにとって大切な人だったんですか？」

彼が彼女の名前を口にしたのはそれが初めてだった。近しい人物を話題にしているかのようだった。

「僕は、なぜ彼女が消えたのか突き止めようとしているだけです」

そのとき、女性が一人事務所へ入ってきた。赤毛で、なめし革のジャケットとベージュのズボンをまとっていて、ベアヴィウールより二十歳は若かった。彼女は僕に会釈した。

「まだ長くかかりそう?」

「いや」ベアヴィウールはうっとうしげに言った。「自動車について話していたんだ。この方が実に詳しくてね」

彼はこちらを向いた。

「妻です」

彼女はぼんやりとした目でこちらを見た。

「どうにかして、その車、見つけてみせますよ」そう言うと、彼は僕の腕を取り、事務所の、ガラスのはまった扉のところまで僕を連れて行った。

「もちろん、クライスラー・ヴァリアントはもう表立って市場に出てはいません。でも、当てがないわけではない」

僕たちは二人して河岸まで来ていた。相手はこちらへ身を乗り出した。

「さっき、「ムラード」というお名前を口にされましたね……そう、私はそんな名前の人と確かに知り合いだったはずです……」

打ち明け話をしたがっている人みたいな口調だった。

「彼は一時私の家に住んでいたんです……ヴォージュラ通りの……ちょっと精神を病んでいて……有る事無い事喋っていました……自分が人を殺したと、警察に虚言を吐きさえして……」

彼の口から出る言葉は速さを増していって、中断されるのを恐れているかのようだった。

「こんなところです。ノエルについてさらに何か申し上げられることがあるでしょうか……」

彼は車庫の方へ気遣わしげな視線を投げた。妻が出てきはしないかと心配しているのかもしれなかった。

「僕はノエルと、彼女がパリに出てきたときに知り合いました……田舎の方の出身で……どの山の辺りだったかな……自分より年上の男と結婚したんですよね……僕は若かったんですけど、その僕にとって痛かったのは、そいつが幌つきのアメリカ車を持っていたことでした……で、それがどのメーカーの車だったか。クライスラーですよ」

彼はこちらへ手を差し出した。

「ではまた……あの頃のことはもう考えたくないんです……いや、よく抜け出しおおせたものだ……間一髪でしたが……」


僕は地下鉄の駅へとアルボニ小路の階段を上っていた。またやらかしてしまった。ベアヴィウールがノエル・ルフェーヴルについての一切を話してくれて、僕はどうして彼女のことが長らく気になっているのか分かるようになると思い込んでいたとは、何と初心《うぶ》だったのだろう。それで僕はようやく、自分が探し求めているのは自分の人生をつなげるための鎖の環なのだと思い至った。

　地下鉄に乗るのはよして、水通り passage des Eaux[*12] へ入っていった。人生のいくつかの出来事を思い出すには打ってつけの場所だった。長らく僕は、付き合いのあった人たちの何人かに、この道のどこかでそのうち会うに違いないという気がしていた。右側には、どの建物のものか分からない窓もあれば、表門がどこにありそうか分からない建物もあった。窓ガラスを叩いてみれば事足りるはずだった。そうすれば誰かが顔を出してくれる。三十年間会っていなかったり、それでもう覚えてさえいなかったりする人たちが。そしてその顔は昔と変わっていないのだ。どうなったのか気になっていた人たちは一人ならずそこ、そう、一階の寝室にいて、過ぎ去っていく時から守られている。彼らは窓を開けるだろう。道はいつもの通り、人気がなくて静かだった。左側には市壁があって、その向こうには公園か、森の縁に広がる草地のようなものがあった。上の方の、道の口の辺りには坂を降りてくる人影が見えて、このまま行けばすれ違うのだった。ノエル・ルフェーヴル？　僕は河岸の看板を思い出していた。「トロカデロ宮殿車庫。R. Béavioure。クライスラーの取り扱いに従事。昼夜を問わず営業」。笑いたい気分だった。決して証人を信じてはいけない。知り合いだったとされる人たちについての彼らの証言なるものは、大抵は不正確で、事実に至る道筋をかき消すばかりだ。人生の軌跡はこの諸々の攪乱の向こうへ消えていく。一人の人が自らの後に残す、互いに矛盾する複数の足跡を思うとき、どうやって虚と実を選《よ》り分けるというのか。それに、自分自身のことにしても、僕自身の記憶にある偽りや欠け、あるいは意図しない忘却から推し量るとき、他の人のことよりもよく知っていて当然だといえるのか。

人影が近づいてきた。小さな男の子の手を引いていた。すれ違いざまに、僕は、ノエル・ルフェーヴルという名前かどうか彼女に尋ねてしまいそうになった。でも向こうはそんなことなど知らないかもしれないし、知っていたとしても忘れてしまっているかもしれないのだった。僕はつい、水通りの逆の口へと消えていくまで二人を目で追ってしまった。

こんなふうに書いていると、僕がこの捜索に多大な時間を割《さ》いているかのように思われてしまうかもしれない。本はすでに百ページにもなっているのだから。でもそれはちょっと違う。僕がいわば適当にここまで思い起こしてきた数々のひとときを、端と端を合わせてつないでいったところで、一日分の長さになるかどうかだ。三十年という長さのうちの一日が何だというのか。そう、ユットさんがこの局留め郵便の窓口へ僕を向かわせた春から、ロジェ・ビヘイヴィヤならぬロジェ・ベアヴィウールとの対面までには三十年が流れていた。結局、三十年間において、ノエル・ルフェーヴルが僕の心を占めたのは一日だけだったというわけだ。

こうした考えが数時間、あるいはものの数分、僕の心をよぎるだけで、彼女がどうでもいい人物ではないと分かるというものだった。割と分かりやすい図に描き起こせるような僕の人生において、彼女は答えのない問いであり続けていた。そして、僕がこの本を書き続けるのはひとえに、もしかすると願望に過ぎないのかもしれないけれど、そうしていれば何か答えが見つかる気がするからだ。ここに来て思う。答えは本当に要るのか？　人生におけるすべての答えを得てしまったら、罠にかかるがごとく、独房の鍵が立てるような音とともに、そこに閉じ込められてしまうだろう。逃げ場所になる「空き地」を周りに残しておく方がいいのではないか。

とはいえ、書類をできる限り完全なものとするには、あの、つかの間の出来事に触れておかなければならない。本当につかの間だったので、現実だったかも怪しく思われてきて、夢の中の話ではなかったかと何度も自問したぐらいだ。

あれは、ある七月の夜の十一時頃、ブランシュ広場の薬屋でのことだった。二人の男が僕の前に立っていた。うち一人の小柄な方が、すでに処方箋を薬剤師に差し出していたのだった。どっしりした体つきの男の方は自分より小さな男の肩に寄りかかっていて、立っているのも大変そうだった。ご立派な体格と、あまりにも派手な金色に染めた髪の毛にもかかわらず――というのも、あの彼は、十五年ほど前には褐色の髪をしていたから――僕はその男にジェラール・ムラードの面影を認めた。彼は横縞のポロシャツを着ていた。横へ行ってみると、その感覚は確信に変わった。顔は前とほぼ同じで、頬だけが厚みを増していた。目が合った。

薬局を出ても、僕にはジェラール・ムラードに思えた男は相変わらずもう一人の肩に寄りかかっていた。僕はすぐ後をついていった。

彼らはクリシー通りの高く盛り上がったところを歩いていた。僕は彼らに追いついた。

「すみません……ジェラール・ムラードさんでいらっしゃいますか」

彼は聞いていなかった。もう一人がこちらを向いた。

「何かご用でしょうか」

割と若い褐色の髪の男で、ある種のテリア犬のような怯えた黒い目をしていた。ムラードと僕の間に立って、自分は護衛で、彼を守るのだと言わんばかりだった。

「この方はジェラール・ムラードさんですよね？」

「いえ。人違いでしょう」

ムラードは少し下がったところで、眼差しをこちらへ向けて立っていた。見ているとも見ていないともつかない目つきだった。

「どうなってるんだい、フォルコ？」彼はとても優しい声で尋ねた。

「何でもありませんよ」小柄な方の男は言った。「この人があなたを誰かと間違えたんです」

「ああそう……俺を誰かと？」

そう言うと、彼は口元をほころばせた。

「この方はアンドレ・ヴェルネさんで、ジェラール・ムラードさんじゃありません」小柄な方の男がきっぱりと言った。

「ノエル・ルフェーヴルのことを覚えているか訊いてみてください……」

彼がムラードの耳元で、小声で話しかけると、相手は頭を横に振った。すると、彼はこちらへ歩み寄った。

「その人のことはちっとも覚えていないそうですよ」

再び、ムラードだかヴェルネだかがもう一人の肩に寄りかかると、彼らは、通りの高く盛り上がっている部分に沿って停めてある灰色のフォルクスワーゲンのところまでゆっくりと歩いていった。小柄な男がドアを開けて手を貸すと、ムラードだかヴェルネだかは助手席に座った。こちらは遠くからそれを眺めていた。

フォルコなる男がハンドルを握る車は僕の前を通り過ぎると、ピガールの方へ消えていった。ナンバープレートの数字と文字を見ておけばよかった。

僕は、「侯爵」ことジャック・Bから、おそらくはリシュリュー＝ドルーオの交差点で会った数週間後に手紙を受け取っていた。そこには日付が入っていなかったけれど、それはどうでもいい。僕が時系列に従ったためしはないのだから。そんなものはずっと、僕にとっては存在していなかった。現在と過去は一種の透明性をもって互いに混ざり合っていて、僕が若い頃に生きたあらゆる瞬間は、何ものからも切り離されて、永遠の現在の中へ現れ出るのだ。

「侯爵」ことジャック・Bの手紙はこうだった。

親愛なるジャン、

この前会ったとき、件のノエル・ルフェーブヴルの周りにいた人たちの名前を、分かっている分については挙げてもらったよね。俺はそれを書き取りながら、そちらの捜索の助けになるものが見つかるんじゃないかと考えていた。

ジェラール・ムラードという人についても話していたね。短い記事が勤務先の新聞社の資料保管庫から出てきた。彼に関するもので、掲載日は五年前。三面記事だぜ。俺の専門だ。妙な事件だったんだけど、それきりになってしまったみたいで、続く何年もの間、この「事件」については何も書かれていないんだ。多分、仕分けされて……

手紙には記事のコピーが添えられていた。

隔離下にある俳優　自らの監視員の一人を殺害

主の昇天の祭日[*13]の木曜、メゾン゠アルフォールのカルノ通り二十六番地に居住、ジェラール・ムラードの名で演劇に携わっていると主張する、アンドレ・ヴェルネと称する人物が、オステルリッツ駅の警察署へ出頭し、自首した。エセー通り rue de l'Essai で男を一人殺害してきたとのこと。

犯行がよく練られたものであったため、殺人罪で告訴されたアンドレ・ヴェルネは、自身の弁護士メ・マリアーニの同席する場で、予審判事マルキゼ氏の尋問を受けた。

容疑者が話した事件の経緯は信じ難いものだった。

わけあって（ジャック・Bはここに線を引いて、ボールペンでこう書き込んでいる：「だがどんなわけがあったというのか」）、五月十一日、ベランジェ通り十九番地に誘い入れられた。するとほどなく六人の人物に囲まれ、身分証や現金、身につけていた宝飾品などを強奪された（ジャック・Bはボールペンでこう書き込んでいる：「なぜ宝飾品を？」）。その四日後には、エセー通りへ連れ去られた。十七日から十八日にかけての夜には相手は二人きりとなり、ついにはただ一人となったので、この者をねじ伏せたが、その争いの最中に殺害に至ってしまったとのこと。

ジャック・Bからの手紙には、さらにこうあった。


ムラードさんは演劇をやめたんだと思う……メゾン＝アルフォールに彼がいた形跡の一つぐらいは残っているのかな？

サンチョ・ルフェーブヴルに関しては、アヌシーで、当てにできそうなところからいくつか情報を入手できた。

彼は、本当はセルジュ・セルヴォ＝ルフェーブヴルという名なのだけど、「サンチョ・ルフェーブヴル」で通っていて、一九三二年九月六日にアヌシーで生まれている。十代およびほんの若い青年の頃にはアヌシーやムジェーヴでいくつものホテルに勤務。ムジェーヴでジョルジュ・ブレノなる人物に出会うとその秘書となり、次いで共同経営者となった。映画館をブリュッセルとジュネーヴに、店舗を管理運営する会社をパリに所有していた。グルネル河岸（十五区）七十一番地にある海軍省のディスコと、マルブフ通り二十六番地とロベール＝エスティエンヌ通り二番地の角にあるラ・カラヴェルの二軒だ。サンチョ・ルフェーブヴルはこれらの事業に面白さを見出していたようだ。

彼はスイスやローマでも暮らしていたらしい。

一九六二年八月四日には、スイスから出ようとしたところをフランス国境付近で呼び止められ、その車のトランクからは、シャルロット・ウェンドランド氏が所有するアンリ・マティスの絵画一点が見つかったそうだ（ヴェルソワ―ジュネーヴ間）。彼女が売却のため彼に委ねていたものらしい。彼の出生証書の抄本には、結婚とかについての記載は何もなかった。

それが、一九六三年か六四年の夏には、彼は正にノエルという名前のお嬢さんとアヌシーにいたんだ。彼は自分の妻だと言っていたって。俺たちより年上の、お前も名前を聞けば思い出すはずの友人たち何人か（クロード・ブラン、パウロ・エルヴュー、ギー・ピロタ）にも確認が取れたんだけど、やっぱりその通りだそうだ。彼女は「ルフェーブヴルさんの奥さん」と呼ぶように言っていたらしい。だけど彼らは彼女については何も知らないし、情報をくれそうな人も思い当たらないって。見たところ彼女は、彼ら曰く、その地域の生まれのようだとのこと。この、一九六三年だか六四年だかの夏より後には、セルジュ・セルヴォ゠ルフェーブヴル、こと「サンチョ」も、ルフェーブヴルの「奥さん」も、アヌシーにはもう姿を現していない。

まあこんなところさ。とはいえ、お前に伝えるべき話はまだ出てくるかもしれないしね。続報を待ちながらお前が挫けないように祈っておくよ。

ジャック

挫けない、か。尽力にもかかわらず、ジャック・Bは「ルフェーブヴルさんの奥さん」の正体を突き止められなかった。「見たところ彼女はその地域の生まれのようだ」。これにしても曖昧模糊としている。「その地域」の範囲はどこまでなのか。アヌシーか？　シャンベリーか？　トノン＝レ＝バンか？　ジュネーヴか？　しかも、クロード・ブラン、パウロ・エルヴュー、ギー・ピロタからして「彼女については何も知らない」し、「情報をくれそうな人も思い当たらない」となると……

僕は、ジャック・Bからの手紙をファイルにしまおうとした。そこには、細かな情報がすでにたくさんあって、分かれ目でどちらへ行くか適当に決めて次々に進むと、日が暮れる頃にはさらに少し奥へと迷い込んでしまう羽目になる森の道のようだった。あるいは、誰かについての数少ない何となくの記憶を、その誰かの人生のそれ以外の部分は知らないままに抱いているようなものか。このファイルに一つとして確かなものはないのではないか。局留め郵便用のカードの、あまりに黒ずんでいる写真、街で本人を見かけてもそれと見分けるのは難しいだろう白黒の顔のイメージ……まだかき集められたはずの些末な物事のすべてが、だんだん強くなっていく、弾けるような電話のノイズを思わせた。それらは彼方から呼びかけてくる声を遮ろうとする。

彼女は思っていた。錯覚かもしれないけれど、ローマではフランス人が昔よりかなり少なくなった。観光客ではなく、彼女がローマに着いたときにはもう、十五年ほどそこで暮らしていた、あのフランス人たちだ。彼女と同時に住み着いた、彼女と同い年の人たちもいたけれど、その午後、彼女はもっと年嵩の人たちのことを考えていて、その名前も記憶によみがえってきていた。ガラ、クレソワ、セルナ、ジョルジュ・ブレア。女性もいた。コーレー、アンドルー、エレーヌ・レミ……彼らとはよく同じ場所で出会ったし、フランス語とイタリア語を混ぜる話し方で彼らがいるのが分かったりもした。混ざり合いは少しずつ、別の新しい言語になっていった。エスペラントみたいなものだった。それにしても、一体全体どんなわけがあって、人は自らの土地を離れローマに住むと決めるのだろう？　それで何から引き離されるというのか？　明らかなのは、彼らが皆、人生の初めの部分、フランスで生きた日々を消し去っていたことだった。ローマは時を消す力を持つ街だった。それに、人の過去も。フランス外国人部隊みたいだ。この考えは、スクローファ通りのギャラリーへさっき入っていった男性に負っていた。男性は同い年で、フランス人だった。

彼女は、彼がショーウィンドーの前で立ち止まって、扉の看板を読むのを見ていた。「夜のガスパール」[*14]。彼女の友人の男性で、このギャラリーを経営するイタリア人のフランス語のあだ名だった。そこでは、彼自身が撮った、ある時期のローマにおける人々の夜の暮らしぶりを写す数々の写真が展示収蔵されていた。彼はそこを二か月間留守にするので、彼女に代理を頼んでいたのだった。

彼は入るのをためらってから、意を決した様子で、水に飛び込むかのようにして扉を開けた。相手に会釈をすると、壁に展示してある写真を、一枚、また一枚と眺めた。

彼女は小さな事務机の向こうに座っていた。彼は彼女の方へ行くと、

「フランス人ですか?」

「ええ」

「ローマに住んで長いんですか?」

「ずっとこちらにいるんです」

嘘ではなかった。自分はここで生まれていて、ここへ来るまでの出来事は、おぼろにしか記憶に残っていない前世での話であるかのような気がしていた。

「それで、「夜のガスパール」の世界を見つけたのですね?」

彼は笑いながら、軽いパリ訛りでそう尋ねた。

「見つけたのは私ではなくて、ここの所有者です。昔は写真家だったので。よく夜に仕事をしていました」

「すごく気になる写真だな……買えるんですか?」

「もちろんです。展示されていないものも、収蔵庫 réserve にまだたくさんありますよ。あちら

です……」

そう言いながら、彼女はギャラリーの奥の小さな扉を指し示した。すると、réserveという言葉がフランス語だったかイタリア語だったか急に気になり始めた。それほどにフランス語で会話をしなくなっていたのだった。

「ぜひ拝見させてください」

それきり言葉が出なかった。彼女の方も黙っていた。

「写真家のお名前をお伺いしたいのですが」

「ガスパール・ムニャーニです。こちらは彼の写真集です。どうぞ、ご興味がおありでしたら」

そして、机の上の写真集を一冊差し出した。

彼はページを繰っていった。夜のローマの通りや広場の写真には、人気のないところを写したものもあれば、かつてのヴェネト通りや、夏のリゾート然としたそのテラス、ページの下の方に名前が載っている、そこの馴染みの人々などの賑わいを写したものもあった。白黒のものも、ネオンサインのけばけばしい色が入っているものも。

「写真に文章を一本添えた方がいいような気がしませんか?」

彼はそんなにも注意深く見ていたのだった。

「写真家本人に話してみた方がいいかもしれませんね。差し当たりは留守にしているのですが、来月には戻ってきます」

彼女は冷やかすような笑みを浮かべて彼を見ていた。彼がそれらの写真にどんどんのめり込んでいくように思えたからだった。

「それで、あなたがここで留守番をしているのですね」

「ええ。お客様はさほど多くありませんけど。いらっしゃるのは二日のうち一日ぐらいでしょうか」

彼は写真集のページを繰り続けていた。

「長らくローマにいらっしゃるのでしたら、こちらの方々皆を知っておられるのでは？」

そう言いながら、彼はさまざまな人々が写っている白黒写真が載っている見開きのページを見せた。伝説に違わない様子のヴェネト通りで夜に撮られたものだった。

彼は彼女に近づくと、相手に紙面がよく見えるよう写真集を広げた。

「そうですね、ざっと見る限りでは、ほぼ全員と知り合いでした。私がローマに着いた頃の写真ですね。大半の人たちが亡くなりました」

本当のところ、彼女はこの写真集を見てみたことなどなかった。壁に展示されている写真にしても、一度ぼんやりと眺めただけだったはずだ。

「で、あなたは」彼女は尋ねた。「ローマにお住まいなんですか」

この街へ来てそのまま住み着いた同い年のフランス人たちの一人かもしれなかった。彼らの多くはまだ生きていたのだった。

「いえ、数日の滞在です。論文を書くために調べ物をすれば、それでおしまい」

「どこかの先生なんですか？」

「先生か。まあそんなところです」

写真集はもう元通りに閉じられていて、彼はそれを片手に持っていた。

「貸してもらえませんか？」

「ええ、喜んで」

彼の話し方を聞き、所作を見ていると、ふと、すでにどこかで彼に会っている気がしてきた。

「ローマへはよくいらっしゃるんですか」

「いえ。まず来ません。パリに住んでいるので」

勘違いだったのか。それでも、もっと細かく見ていくと、彼がローマに住んでいてもおかしくはないとやはり思えてくるのだった。彼の何がそんなふうなのか。説明しろと言われてもできない。多分、眼差しとか声の響きとかそんなものだろう。

「明日もこちらにいらっしゃるのでしたら、写真集を返しに来ます。そのときに、ローマでの暮らしについて少しばかりお尋ねするかもしれません」

なぜローマでの暮らしなのか。すぐには訊かないでおきたかった。

「明日の同じ時刻にいらしてください。私、朝は来ないんです」

彼は後ろ手で、ガラスのはまった扉をそっと閉めた。彼は小学生が通学鞄を持つように写真集を手にしているのだろうと彼女は思った。

その夜は空気がいつもより冷たかった。もう秋なのか。ギャラリーを後にして、彼女はフラミニア街道[*15]まで歩いていこうと決めた。そこで友人と会うことになっているのだった。約束の時間までかなりあって、回り道だってできるぐらいだった。この街での初めての滞在のときの長い散策と同じような目に遭うだろうけれど。通りや広場の名前を覚えておこうとしたのに忘れてしまって、いつもしまいには迷ってしまったのだった。

彼は「ローマでの暮らし」に関して情報を集めているのだ……でもそれが何の足しになるのか。しばらくの間適当に歩いていると、自分がエセドラ広場[*16]の柱廊を進んでいるのに気がついて、自分がそんなに遠くにいるのに驚いた。夢遊状態でそこまでやってきて、ふと目が覚めたかのようだった。この街をよく知っている今となっては、迷いたくても迷えなくなってしまっていたのに。

ここにはもう、自分にとって目新しいものはないだろうし、目をつぶっていたって、ある場所から別の場所へと移れるだろう。ギャラリー「夜のガスパール」からポポロ広場[*17]へ赴くには歩数を数えておきさえすればいい。いつも同じになるはずだ。

考えるに、「ローマでの暮らし」とはそれなのだ。メトロノームの、規則的に延々と続くチクタク音、そこでは時間がもうずっと止まっているのに、無駄に鳴っているチクタク音。

ヴェネト通りの起点に差し掛かると、彼女は思った。ギャラリーを後にしてこの場所まで来たのは自分がそこへ足を運ぼうとしたからなのか、それとも足の方が自分を運ぶに任せたからなのか。ローマに住み始めて早々によく知るようになった地区だった。歩道にはみ出ているカフェのテラスをさまざまな色のパラソルが、その頃はまだ覆っていた。それが、月日が経つにつれ、通りには賑わいがなくなっていった。年下の人たちにはよその方がいいのか。はたまた、夏にテラスにいたり、一緒に夜を明かしてくれそうな人を何人か拾おうと、幌つき自動車でゆっくりと通り過ぎていた人たちが、一人また一人と亡くなっていったのか。

夜になった。彼女は通りを上っていった。いつもの晩より暗かった。停電だろうか。たそがれどきで、街灯がまだついていないのかもしれないけれど。「カフェ・ドゥ・パリ Café de Paris」の前へ来た。店は閉まっていた。鉄柵は南京錠で閉ざされていて、柵の向こうの、入り口の前の段になっているところには、新聞、手紙、ちらしといった古紙や空のペットボトルが、絶えて敷居を越えた者がいないかのように山と積まれてあった。もう少し行くと、右手に、黒々とした塊と化したホテル「エクセルシオール」があった。明かりは唯一、最上階の窓の一つに灯っているだけだった。さらに先では、ティーサロン「ドネ」のファサードの灯が消えていた。

通りでは誰ともすれ違わなかった。夜のガスパール氏が今のこの人気のないヴェネト通りを撮れば、そしてそれが彼の写真集の最後に置かれればいいのに。その写真は他のものと全く馴染まなくて、だからこそそこには時の過ぎ去りが感じられる。次に彼に会ったらそう言おうと彼女は思った。

時は過ぎ去る。彼女はずっと現在に生きてきたので、人生を振り返ると洞だらけだった。本当に記憶に洞があるのか、それとも人生のさまざまな出来事について考えないようにしているのかは、彼女には知りようがなかった。彼女には息子がいたけれど、アメリカへ行ってしまっていた。家庭を築かなかったのは失敗だったのか？　だが家庭とは実のところ何なのか。彼女は村の一家庭に生まれたのに、この問いに答えられそうにないのだった。

彼女の人生はいまや長すぎるほどに長い物語になっていて、もし気を許せる誰かがいたら、彼女はそれを語り聞かせていただろう。でも誰に？　また、何のために？　残されているのは現在とその目印、固定されていつまでもそのままのイメージいくつかだけなのだ。窓から見えるピタゴーラ広場の松とか、毎秋テヴェレ川の岸に散っているプラタナスの枯れ葉とか。

大体、永遠そのもののように言われるこの街に、時が過ぎ去ることなど本当にあるのだろうか？　もちろん、月日が経つにつれ人は死んでいくし、明かりは消えていくし、会話のさざめきや弾ける笑い声が当たり前に響いていた場所は静かになっていく。そして、そうした一切にもかかわらず、その奥には永遠が広がっている。明日彼に説明できそうなことはそんなものだ。あの人は「ローマでの暮らし」について教えてもらいたがっていた。だがそれを言葉にできるのか？詩でも唱えれば、手っ取り早く、自分がローマに住むようになってからの心のありようを彼に分かってもらえるだろうか。一つだけ、ほぼ完全に覚えていた詩があったのだ。

空は、あの屋根の上にあって
かくも青く凪いでいる！

樹は、あの屋根の上にあって
その葉を揺らしている。

そんなふうに考えて、彼女は吹き出した。笑い声が人気のない通りにこだまするのが聞こえた気がした。

彼女は手帳へ、ずいぶん前、まだ二十一世紀に入らない頃に、その詩を書き写していた。ローマへ発つ前、ごく短い間パリに滞在していたときだった。何か月か続いたそこでの生活は、記憶から少しずつ消えていった。数か月は、乗り換える列車が来るまで待合室で過ごす数時間と同じようなものになった。誰かの顔一つ出てこなければ、住んでいた通りの名前だって思い出せなかった。乗った列車はあまりに速く走るので、駅名標の文字が読めなかった。あの手帳を持っていたら、そしてそれを今繰ったら、書き込まれている約束や地名や人名などから何かを思い出すだろうか。そうとは限らない。あの手帳は盗まれたのだっけ。背の高い男で、顔と名前は忘れてしまったけれど、初めて出会ったときはカフェに、彼の友人と一緒にいたのだった。彼らはともに自分と同じ地区に住んでいて、三人でたびたび会っていたけれど、それにしても、名の知れない二人の隣人と互いにやり取りがあったかもしれないけれど、その言葉は時の彼方で失われたきりになっているという以上の話ではなかった。

背の高い男は冗談半分に、彼女が約束を書き付けたばかりの手帳を取り上げて、彼女に返すのを渋っていた。そのうち、彼女は手帳を取り戻すことなくローマへ発った。些末な事柄が二つ、それでも彼女の記憶に残っていた。顔も名ももう分からないその人物は、ワッフル地のシャツにムートンジャケットを羽織っていた。そして、舞台芸術の講座を取っていた。いつも付き添っていた彼の友人の方も、彼女にとっては名前も顔もない人物だった。彼女が彼について覚えているのはたった一つ、彼が引越し業者で働いていたことだけだった。

彼女はオーロラ通りの、マロン典礼カトリック教会がある辺りに差し掛かっていた。そこを通るたびにわずかな切なさを覚えるのだった。十九歳の頃は、夜を明かした後、よくオーロラ通りに行き着いたものだった。通りの起点には壁が大きく広がっていて、その向こうには庭らしきものがあった。カジノ・アウローラのものに違いなかった。この壁ときたら、夏の朝六時頃には光が差していた。机と椅子が一脚ずつ、いつも壁沿いの歩道に出ていた。彼女はそこに、朝の、まだとても柔らかな陽射しの下、座っていた。月日を経た、周り中が暗いこの晩にさえ、あの陽は決してそこを去らず、オーロラの光のように身を包んでくれていると彼女には思えた。

通りのもう少し先には、ルチアーノ・パドヴァンの店のショーウィンドーに、前年十月の日付の入った張り紙があった。写真つきの、フラミニオ広場界隈で迷子になった一匹の雌犬の行方を尋ねるものだった。彼女はそれをすべて読んだ。

グレタという小さな雌犬が、ジャン・ドメニコ・ロマニョシ通りで十月十七日に迷子になりました。見かけた方は〇六三六一一三七七、イタリアン・インターナショナル・フィルムまでお電話ください。赤い首輪をつけています。犬種はダックスフントで、短毛です。

彼女がその張り紙を見たのは初めてだったものの、多分、この辺りの他の通りにも同じものは出ていたのだろう。読み終えると、彼女は、夜のガスパール氏の写真集を貸したフランス人のことを思った。どうしてかは分からないけれど、一匹の犬と一緒にいる彼が目に浮かんでいた。

「すごく興味深いですね、この写真集……」

彼の手には写真集があった。彼は彼女に言われた通り、「収蔵庫 réserve」の赤いソファに座っていたのだった。部屋はギャラリーの建て増し部分にあって、半開きになっている、床まであるガラス窓からは、陽の当たる中庭が見えていた。彼女自身は革張りの肘掛け椅子に掛け、彼の向かいに座を占めていた。

「ぜひこれについて文章を書かねばという気に、ますますなってきました……」

夜のガスパールの写真についてどのような文章を書くつもりなのか、彼女は尋ねられずにいた。写真には、自分が慣れ親しんでいて、自分にとっては生活の一部のようになっている場所や人が写っていたので、そんな文章は不要な気がしていた。

「ローマにとても関心がおありなのですね」

たまらず、皮肉な笑みを相手に向けると、そう言った。

「とてもね。長らくこちらに住んでいらっしゃるあなたには、それも観光客の好奇心にすぎないと思われるのでしょうけど……」

正にこちらが言おうとしていた言葉だった。とすると、二人の間では考えの交感がなされているのだ。

「この街、パリとは本当に違いますよね……」

彼女は、さほど考えず、静けさを破るためだけにそう言った。

「パリに住んでいたことが？」

「まあ……数か月だけ……ずいぶん前に。しかも、恥ずかしい話ですけど、パリでのことは何も覚えていないも同然で……」

「そうなんですか？」

彼はがっかりしたようだった。相手がそんなにもわずかな記憶しか持ち合わせていなかったからなのか、それとも、相手のあまりの無頓着ぶりやひどくあっさりした様子を目《ま》の当たりにしたからなのか。

「あなたにはぴんとこないかもしれないですけど、私、今ではイタリア訛りのフランス語を話すようになったし……フランス語が口からなかなか出てこないこともざらにあるし……」

「お手数をおかけして申し訳ありません」

彼の方は、パリ訛りのフランス語を、実に丁寧な言葉遣いで話していた。

「二十世紀にローマに住み着いたフランス人やあらゆる外国人にとても関心があるんです。それで一冊、本が書けるんじゃないかな」

「もしかして、歴史／物語（histoire）の先生でいらっしゃる？」

「histoireの先生か……ご名答です」

そう言う彼は、自分を茶化して、自分の職についてそれ以上突っ込んだ話にならないようにしているふうに見えた。だがそれはそれでよいのだった。ローマでは、職業や個人的な事柄に関して、出会ったばかりの人々に無遠慮な質問をしたりはしない。ずっと前から知り合いであるかのように、当たり前に彼らを受け入れる。彼らに何を尋ねるでもなく、彼らのすべてを見抜いていく。

「では、夜のガスパールの写真集はお気に召していただけたのでしょうか？」

彼女は、どのように話を再開すればいいのかよく分からなかった。彼には何か気がかりなことがあるようだった。あるいは、こちらへの問いを然るべきかたちにしようとしているのか。

「すごく興味深いですよ。なかには見覚えのある人もいますし。どちみち、あなたの方がよくご存知でしょうけど」

彼は写真集を、前の日と同じようにゆっくりと繰っていた。しばらくこんな調子なのだろうかと彼女は思った。どうやら、向こうはこちらの存在を忘れてしまったらしかった。彼はあるページで手を止めた。

「ここにフランス人みたいな名前の男性が一人写り込んでいますが……どういった方なのか見当もつかない……」

彼は、カフェのテラスのテーブルを囲んで座っている三人の人物の写真を指し示した。いかにも海水浴向けの彼らの服装からすると、夏の夜に撮られた、白黒のものだった。さらに下の説明文にはこうあった。「左から、ドゥッチョ・スタデリーニ、サンチョ・ルフェーヴル、ジョルジオ・コスタ」

彼女は写真を覗き込んだ。

「どの人ですか」

「真ん中にいる、サンチョ・ルフェーヴル……という、フランス人みたいな名前の……」

彼女は、写真を覗き込んだまま、何も言わずにじっとしていた。答えるのをためらっているのか、急に記憶喪失に見舞われたかのように、彼らの顔を見ても何も思い出せずにいるのか分からなかったのだ。

「サンチョ・ルフェーヴル？　そうですね、フランス人です……本当はサンチョではなくて、セルジュという名前で……」

「この方とお知り合いだったのですか」

「そんなに付き合いがあったわけではありません。ローマに着いた、十九歳の頃でした」

それが妙なことに、初めに写真に目をやったときには、彼女は誰か分からないまま彼を見ていた。男は褐色の髪で、他の二人よりずいぶんがっしりしていて、一人だけ笑っていなかった。すると、何かの弾みで、彼女はセルジュ・ルフェーヴル、こと「サンチョ」を知っていた娘の頃の自分に戻った気になった。だがそれも数秒しか続かなかった。写真は初めのときと同じようになって、一人の人物が、それきり彼方へ行ってしまった……

「彼がどんな仕事をしていて、なぜローマにいたのかもご存知だったのですか」

「そんなことは気にもならなかったんですよね。彼とはときどき会うぐらいでしたし。ここで暮らすフランス人の大半とは、まあそんな感じなんですけど」

立ち入った話になるのはいやだった。大体、立ち入ってみたところですべてはぼやけてしまっていた。凹凸が残っていないのだ。思い返さないでいるうちに白くて滑らかな層で覆われてしまった。雪が積もったみたいに。

「昨日、ローマについての情報がほしいとおっしゃっていましたが……どういった情報でしょうか」

すぐには言葉が出てこなかった。フランス語など、もう話せない気がした。文はいまや浮かんではこなかった。ひねり出さなければならなかった。

「また難しいご注文を……ローマにいると、人はだんだんすべてを忘れていってしまうんです……」

そう、どこかでそんな省察を読んだのだった。推理小説か雑誌だった。ローマは忘却の街だ、と。

彼女は突然、革張りの肘掛け椅子から立ち上がった。

「外を少し歩いてみませんか？　収蔵庫 réserve なんかにいたら、息が詰まっちゃいます……」

彼は驚いたようだった。それはおそらく réserve という言葉のせいで、彼女は、それがフランス語なのかどうか、またしても気になった。

彼らは横に並んでスクローファ通りを歩いていった。彼の方はずっと写真集を手に持っていた。

「あのギャラリーに一日中いてはさぞや退屈でしょう……」

「あら、私、一日二時間しかあそこには立ち寄らないんですよ……」

「この界隈に住んでいらっしゃるんですか」

「まあこの辺りですね。あなたはホテルにお泊まりなんですか」

「ええ。ポポロ広場の近くのホテルに」

会話は穏当になっていった。ただその場をやり過ごせばよかった。彼女は、それでも何かに不安をかき立てられていた。

「でもどうしてサンチョ・ルフェーヴルが気になるんです？」

前にこの名前を口にしたのはいつだろうかと彼女は思った。二十一世紀になるより前かもしれない。違和感を覚えるのはそのせいなのだった。

「パリで誰かがしていた話の中に彼の名前が出てきて……姓ではなくてサンチョという名前の方に胸を衝かれたんですよね……」

彼は向き直って、相手を安心させるかのように微笑んだ。安心させる？　多分こちらの勘違いだ。

「ええ、そうでした……ずいぶん前には、そのサンチョ・ルフェーヴルとかいう人と知り合いだったらしい人で……」

彼は歩道の真ん中で立ち止まっていて、何か重要なことを打ち明けたがっているふうだった。

「たまに、辺りにいるほとんどの人を知らないような場所にいると……その人たちの会話を聴くほかなくなって……」

彼女はその言葉の真意をつかめずにいたけれど、いかにもというように頷いていた。

「サンチョ・ルフェーヴルの名前が聞こえてきたのは、そんな、偶然そばでなされていた会話からでした……それだけのことです……くだらないですよね……それが、貸していただいた写真集に彼の写真があったものですから……」

彼は彼女の腕を取り、二人はそのまま歩いていった。ポポロ広場に出た。

「その会話の中でサンチョ・ルフェーヴルについて話していた人は、そこそこ年の行った男性でしたが、髪はまだまだ褐色で、ギリシャ人か南アメリカの人みたいだったな……」

彼女は探るような目で彼を見つめると、今度は自分が微笑んだ。

「それにしても、小説ほどに奇なり、ですね、あなたの話は……」

「ええ、おっしゃる通り……小説みたいだ……その男性は、どうも、サンチョ・ルフェーヴルの知り合いだったみたいで……ブレノという名前でした。ジョルジュ・ブレノ……」

今度は彼女が、広場の真ん中で立ち止まった。何十年も忘れていて、誰の口からも聞かなくなっていた名前だった。それがこんなふうにして急に、降って湧いたように出てくるとは。だがその名前からは顔が浮かんでこないのだった。響きでしかない「ブレノ」が目も眩むような光をこちらへ投げかけているかのようだった。

「顔色が……大丈夫ですか？　歩き疲れたんですね……それに、話にも飽きたでしょう……」

「いいえ、ちっとも……どこか座れるところでもあればいいんですけど」

軽い目眩を感じたけれど、それもよくなってきたのだった。そうなると、「ブレノ」という名前も、岸辺から遠ざかっていくときに見える灯台の光のような、だんだんと弱くなっていく瞬きに過ぎなくなっていった。

ブレノとやらは、まだ生きていたら何歳になっているのだろう。百歳ぐらいだろうか。尋ねてみたい気がした。話の内容からすると、彼は本人に会ったのだから。「ギリシャ人か南アメリカの人みたいだった」か……ブレノの顔については、オールバックにした黒髪が記憶に残っていた。あと、目が黒かったことも。

二人はいまやカフェ「ロザッティ」のテラスで並んで座っていた。

「いえ、そのブレノさんって方について誰かが話しているのを聞いたことなんてありません……私も、ローマでそんな名前の人と知り合いになったためしはないですし……」

彼女は嘘をつきたいのだった。真実を言わなければならない理由などなかった。あの男がもう自分には得体の知れない存在になっていても、その名前の独特な響きは何かを思い起こさせた。あの二人の若者がふと思い出された。一人は女、一人は男で、死の五十年後、彼女が生まれたオート＝サヴォワの村の近くで、氷河に守られて無傷のままあった遺体が見つかったのだった。思い出の数々もまた氷に埋められていたのが、「ブレノ」という名前一つのせいで表へ出てきた。時を経て少しかすんではいたけれど。そんなわけで彼女は、ブレノに出会ったのはサンチョ・ルフェーヴルに出会う前だったのか、それともサンチョ・ルフェーヴルがブレノを紹介してくれたのか分からなくなっていた。あるいは、いつだったかの夏に、彼女が職を得たマントン＝サン＝

ベルナールのグランド・ホテルで両方と知り合ったのか。どちみち、サンチョ・ルフェーヴルが「故郷」——彼はそう言ったのだった——を離れるようこちらを説き伏せたのだ。それは、その数年前に彼がしたことでもあった。改名しようと決めたのもあの夏だった。だがどうしてノエルという名前にしたのだろう。

ソローニュ地方にある小さな城のようなものが思い出された。「ソローニュのブレノ城」とサンチョがよく、フランスの古い歌のリフレインか何かのような調子で、ブレノに対するからかい半分で言っていた。サンチョとブレノとともに何週間か過ごした城だった。

「あの、もしかして今、小説を書き進めておられるのでは……あなたが関心を寄せていらっしゃる、変てこな名前の人たちに触発されて……」

努めて楽しげな声で話してはいたけれど、落ち着かなかった。初めて、あの日々が思い出となってやって来たのだ。それも、来ると分かっていた揺すりが、長らく姿をくらましていたこちらの居場所を見つけて、ある晩その扉をそっと叩くような調子で。

「そうですね……小説といえば小説です……」

彼は肩をすくめて微笑んだ。

「ある人が、ローマに住んでいるフランス人の女性がいると話してくれて……その人は彼女にあだ名をつけたそうです。昔の話ですが……アルプスの羊飼い娘ちゃん、って……覚えてませんか」

「ちっとも」

「では、なぜローマをついの住処にしようと思ったのですか」

「成り行きです」

他に言葉が見つからなかった。そんなことはそれまで考えもしなかったのに、サンチョ・ルフェーヴルやブレノといった、暗がりから不意に出てきた名前のせいで過去へ引き戻されてしまい、当時の精神状態がどんなふうだったのか気になった。いや、単に、あの頃は遁走が自分の生活様式になっていたというだけの話だ。まず生まれた場所から逃げた。そしてセルジュことサンチョ・ルフェーヴルから、知り合って、ローマでともに暮らしてしばらくして逃げた。パリに身を隠した。セルジュことサンチョ・ルフェーヴルに見つかると、ローマへ彼と一緒に、またしても逃げた。彼が死んだ後は、街にそのまま残った。これこそが決定的な遁走なのだった。終わりのない遁走。

「成り行きなんですよ。それ以外ありません……」

どうであれ、彼に打ち明け話をするいわれはなかった。彼ともっと親しいのであればともかく。

「あなたはもうじきパリへ戻られるんですか」

「もう少ししてからかな」

「気をつけてくださいね。ローマに長々いると、ずっといる羽目になりかねませんから」

会話がまた月並みな調子に戻り、彼女はほっとしていた。サンチョ・ルフェーヴルとブレノの影はどこかへ散った。それがしばらくすると、何か気詰まりなものを感じ始めた。なぜ相手は、二人の人物がこちらの人生の同じ時期にともに結びついていることをほのめかしたのだろう。しかも、あれは自分自身もう思い出さないぐらい遠い昔なのに。写真集の、他の何百枚もの写真のうちの一枚だの、亡霊のような何者かが、ある晩、会話のさざめきの中で発した名前だのといった曖昧なものがどうして彼を惹きつけたのか。彼はこちらを見ず知らずの人間だとは思っていないはずだ。誰かから話に聞いているに違いなかった。そうでなければ、どうやってこの偶然の一致が説明できるというのか。

彼女は彼の方を向いた。彼は広場や、互いにそっくりな二つの教会や、先の尖った記念碑を眺めていた。夜になり、カフェは閉まりかけていた。それなのに二人して、そこに留まるのが当然のような気がしていた。とはいえ、いつまでこうしているのだろう。並んで座っているけれど、カフェのテラスでは向かい合って座るものではないだろうか。彼の横顔を見ているうち、突然、誰かを思い出した気がした。人は前よりも横からの方が見分けやすいと聞いていたので、今度ばかりは自分の記憶を信じた。この横顔の持ち主が誰なのか突き止めてしまおう。列車かバスで旅しているかのように隣り合って座っていてもどうせ落ち着かないのだから。

「パリの何区にお住まいですか？」

「ずっと十五区住まいです」

彼と会ったのは、ムートンジャケットを着た、背の高い褐色の髪の男と、あともう一人、引越し業者で働いていた男がいた頃だったのではないかと彼女は思った。ただ、彼らの名前はもう覚えていなかった。それにそもそも、あれは十五区でのことだっただろうか？

「あの地区は大きく変わりました……」

「ローマとは真逆ですね。ここでは決して何も変わらない……この広場もずっとこんなふうですし……」

「十五区をご存知なんですか」

彼はこちらの目を、異様なまでにじっと見つめていた。

「どうでしょう」

「僕は、あの場所の、ここ数年で変わってしまったものならすべて挙げて差し上げられますよ……」

横顔だけでなく、この眼差しにも見覚えがあった。

「河岸の建物は皆、壊されました……海軍省のところのディスコだって……」

彼は肩をすくめると、声を潜めてささやくように言った。

「それに、コンヴァンシオン通りの局留め郵便の窓口も……」

彼の顔には微笑みが浮かんでいた。詩の終わりの部分を聞かせてでもいるかのようだった。今の自分から遠く隔たったあの頃、サンチョ・ルフェーヴルが口ずさんでいたリフレイン「ソローニュのブレノ城……」に、それは少し似ていた。

再び、鉄道のボックス席で彼の隣に座って旅をしているような気がしてきた。いや、バスの方がしっくりくるか。

彼女は、ポポロ広場からテヴェレ川まで続く通りにあるホテルまで彼を送った。

「よろしければ、明日は夕食をご一緒しませんか」

「ええ、ぜひ」

「ギャラリーで、同じ時刻に待ち合わせましょう」

「では、夜のガスパールの写真集は私が持っておきます」

彼女は家へ帰ろうとフラミニア街道を歩いていた。誰もいなかった。今が何時なのか全く見当がつかなかった。もしも夜行の路面電車がまだ動いていたら乗って帰りたいぐらいだった。

思い出のかけらが脈絡もなく次々と現れてきたけれど、それらは人生の同じ一つの時期に属すものだった。小さな家が、ソローニュのブレノ城の脇の、広がる樹々の枝葉の下にあった。暗い色の板が張られた一階の部屋にはビリヤードの台が置かれていた。彼女の部屋は一階にあった。ある男がヴィエルゾン駅まで彼女を迎えに来たのだった。ポールという名前で、サンチョ・ルフエーヴルの話では「幸運の歯」、つまりすきっ歯の持ち主だった。彼女はブレノ城でサンチョ・ルフェーヴルと再会した。それから少しすると、二人して車で出かけた。ソローニュ、アヌシー、スイス、ローマ。あるいは、アヌシー、コート・ダジュール、ローマだっただろうか。自分たちがイタリアの国境を越えたのはヴェンティミーリアの辺りだったのか、それともスイスを経由したのか、もう分からなかった。ローマに戻ると、彼女はもう二度とそこを離れなかった。十一月、初めてその街へ来たときには……雨が降っていた。ピンチャーナ門までは、通りはひっそりとしていて暗く、夏の滞在客が来なくなった海沿いの散歩道はこんなふうなのだろうと思うぐらいだった。それなのに彼女はどこかで聞いたこんな文句を唱えていたのだった。「美しい季節は近い」

そんなふうに何かを思い出そうとしたのはこれが初めてだった。すると突然覆いが裂けて、さらに古い思い出がゆっくりと浮き上がってきた、それは雪景色とつながっていた。名前を変えるずっと前、子どもの頃に見たものだった。彼女はもう、ソローニュからイタリアまで彼女を連れて行くサンチョ・ルフェーヴルの車ではなくて、アヌシーの駅前広場から乗っていた長距離バスの中にいた。バスは、ファサードの板材が外れかけている建物の前に停まっていた。荒れたホテルで、昔の山小屋みたいな見た目をしていて、どんな人が泊まるのだろうと不思議に思っていた。

冬には冬の、夏には夏のバスの思い出があった。冬、朝とても早くにバスを待っていると、そのヘッドライトが黄色い光で雪を照らしたものだった。村からアヌシーまで下りていくのだった。行き先の停留所の前にある駅前広場のホテルの一階ではカフェがまだ店を開けていて、客が何人かカウンターに居残っていた。夜の最後の客だった。

あとは、日曜日の晩のバス。アヌシーから村まで、いくつもの停留所を経て上っていくのだけれど、それが決まって冬だったような気が、彼女にはするのだった。他のバスよりずっと混んでいた。座れないこともざらにあった。

夏はといえば、仕事を終えた夕方の六時頃にアヌシーの駅前広場でバスに乗っていた。アルビニー通りを湖に沿って行くのだった。窓の向こうにはヴァカンスめいた雰囲気や日焼け止めの香りが漂っているに違いなかった。テニスコートが脇に並ぶ広い並木道を抜けると、インペリアル・ホテル hôtel Impérial のファサードが目に入った。その先には浜があるのだった。それが早々に、バスは左手の坂道へ入ると、湖から遠く離れた山奥へ分け行っていく。そのたびに逃げ出したくなったものだった。

バスには、夏も冬も、同じ時刻に乗っていた。居合わせるのは同じ人たちばかりだった。その中に同い年ぐらいの少年が一人いた。夏には、アヌシーを夕方六時に出るバスに乗ってヴェリエ゠デュ゠ラックで降りていた。山奥へ続く道が曲がり角に差し掛かろうとする辺りだった。日曜日の晩には、ヴェリエ゠デュ゠ラックから乗って、彼女と同じく、彼女が住んでいた村の入り口で降りていた。

彼らはよく後ろの方の席に、隣り合って座っていた。ある午後の終わり、夏のバスの中で、彼らはついに話をした。彼女は仕事帰りだった。だが、あの夏に何の仕事をしていたのか。アーチをなす天井の下にあった菓子屋の店員だろうか？　あの時計ベルトメーカーのズッコロ社に、他の娘たちとともに雇われていたのだろうか？　あの頃はまだ名前を変えていなかった。

冬、彼が日曜日の晩のバスに乗っているときは、寄宿舎への帰りなのだった。そんな晩には、彼らは立ったまま道中ずっと抱き合っていた。彼らは市役所の前の広場で別れるのが常だったけれど、一度ならず、彼女は、寄宿舎へ続くまっすぐな小道を彼と一緒に歩いていった。雪で滑らないように二人してゆっくりと歩いた。そんなふうに夏も冬もバスに乗っていた頃が彼方へ行ってしまっても、その乗客のことは決して忘れない。忘れてしまった気がしていても、彼らと隣どうしになって、その横顔を眺めれば思い出す。

と、そんなことを考えていた。彼の方はこちらが誰か気がついただろうか。知る由もない。明日はこちらから話してみよう。何もかも言ってしまえばいい。

訳注

◆眠れる記憶

＊1　パリの西側、十六区の高級住宅街に隣接する広大な森で、ロンシャン競馬場、ルイ・ヴィトン財団美術館などの文化・娯楽施設を擁するパリ市民の憩いの場。一方で、かつてはパリ市内の一大売春地帯であり、男娼の聖地でもあった。現在でも治安は必ずしもよいとはいえない。

＊2　Hans Fallada（一八九三－一九四七）。ドイツのグライフスヴァルトに生まれる。翻訳、詩作などを試みた後、二十六歳で小説家デビュー、『ピネベルク、明日はどうする!?』（一九三二）で一躍人気作家となる。ナチス政権下での多難な執筆生活を経て終戦を迎えると、翌一九四六年に『ベルリンに一人死す』を書き上げ、その三か月後に没する。

＊3　フランスの出版社、アシェット社の子ども向けの本のシリーズ。「la Bibliothèque rose」と「la Bibliothèque verte」があり、前者は通例「ばら色（rose）文庫」と訳され、後者は「緑色（verte）文庫」とされている。

＊4　ローマ・カトリック教会において教区の中心となる教会の聖堂に属する聖職者が構成する合議体的組織およびその会員のこと。教会の聖務執行及び世俗的諸任務の遂行にあたり司教を補佐するほか、司教等の行政権力を統御する役割も担う。

＊5　現在では「ヴァンサン＝オリオル通り Boulevard Vincent-Auriol」と名を変えている。

＊6　一九二四年にドイツ・グラモフォンの独立分社として設立され、現在はユニバーサル・ミュー

ジック・グループ（ＵＭＧ）の傘下にあるレコード会社、ポリドール・レコードのスタジオ。ジョルジュ・ブラッサンスなど、フランスの著名ミュージシャンもこの会社からレコードを出している。

＊7　この通りの名は博物学者Étienne Geoffroy Saint-Hilaireから取られている。同人物は、一八〇七年九月にフランス科学アカデミーの会員に選出されるなど、オカルトではない正統な科学の発展の担い手であった。

＊8　元々はイギリス海軍が考案したラム酒を水で割った飲み物のことであったが、現在のフランスではブランデーやラム酒を砂糖湯で割ったものを指す。

＊9　Val-d'Or。パリ西郊にある町、サン゠クルーの一地区。同町はブローニュの森のあるパリ十六区と北東部で接しており、十九世紀末以降、多くの作家や芸術家の移住先となってきた。

＊10　Megève。フランスの南東、オート゠サヴォワ県の自治体。一九一〇年の冬以来行楽地として発展。

＊11　神秘思想家ゲオルギイ・イヴァノヴィチ・グルジエフの自伝三部作のうち、二作目。原文はロシア語で、執筆開始は一九二七年であるが、何年にもわたって推敲が行われた。中央アジアを旅し、精神世界の探究を行った著者の青年期のことが描かれている。一九七九年にはアメリカで映画化もされている。

＊12　この「高等師範学校」は、原文では「l'École normale supérieure（高等師範学校）et l'École de physique et chimie（物理化学学校）」となっている。日本では両エコール（école）とも「高等師範学校」の括りでまとめられることがあるため、このように訳した。

＊13　小説中ではla Mosquée（モスク）とのみ書かれているが、パリ植物園の程近く、パリ五区に位置するGrande Mosquée de Parisのこと。

＊14　Le jardin des plantes de Paris（パリ植物園）。フランス国立自然史博物館の傘下に置かれているパリ五区の公立植物園で、広く一般に公開されている。

＊15　Rudolf Khametovich Nureyev（一九三八－一九九三）。ソ連生まれのダンサー。一九八〇年代にはパリ・オペラ座バレエ芸術監督に就任、シルヴィ・ギエムをはじめ、のちに名を馳せるダンサーたちの発掘・育成に携わったほか、レパートリーを一新し、現在のオペラ座の隆盛の礎を築いた。

＊16　Maurice Béjart（一九二七－二〇〇七）。フランス出身のバレエの振付家で、ベジャール・バレエ・ローザンヌの創立者としても知られている。日本文化や東洋思想への関心が高く、東京バレエ団のための振付や歌舞伎役者との交流も行っていた。

＊17　Jean Babilée（一九二三－二〇一四）。フランスのバレエダンサー・振付家。第二次世界大戦後の最高傑作の一つといわれる、ジャン・コクトー台本、ローラン・プティ振付のバレエ『若者と死』の初演者として知られる。ベジャールともつながりがあり、一九七九年にはベジャールが振り付けた『ライフ』をニューヨークで踊っている。

＊18　Yvette Chauviré（一九一七－二〇一六）。フランス・パリ出身のバレエダンサーで、二十世紀フランスにおける最も優れたバレリーナの一人。バレエ教師としても頭角を発揮し、ヌレエフ同様、シルヴィ・ギエムの育成にも関わった。

＊19　パリ市門の一つ。同市はヨーロッパの多くの都市と同じく壁に囲まれた街であるため、外へ抜けるためにはその壁に開けられた「市門《ポルト》 porte」を通らなければならない。次に出てくる「ポルト・ド・サン＝クルー」もその一つ。なお、porteという語は、日常生活においては扉を指す言葉として使われることが多いが、本来は通行のための開口部を意味する。

＊20　フランス語では、百日咳はcoqueluche、猩紅熱はscarlatineで、それぞれ「（外套などの）頭

巾」、「鮮やかな色のシーツの」という意味の単語に由来している。水痘はvaricelleと呼ばれるが、これは、吹き出物を表すラテン語のvarusに指小辞をつけて作られた単語「variole（天然痘）」に、さらに指小辞がついたもの。

＊21　フランス語でmoraliste。現実の人間や社会などを観察し、人間性や風俗習慣などについてさまざまな考察を加えたものを端的かつ鋭利に表現している文章や作家を形容するともに、そうした作家たちを指す言葉だが、同様の内容を随想、箴言、格言、省察、肖像（性格描写）などの形式で綴っていた十六〜十八世紀のフランスの文筆家とその作品に関してのみ用いられる場合もある。

＊22　「パリの夜々、あるいは夜の傍観者」を意味するタイトルの書物、*Les Nuits de Paris ou le Spectateur nocturne*（邦題は『パリの夜――革命下の民衆』）を物したニコラ・エドム・レチフ・ド・ラ・ブルトンヌ（Nicolas Edme Restif de La Bretonne、一七三四－一八〇六）を指すと思われる。

＊23　ナポリの歌、もしくはナポリ語で歌われる歌のこと。「カンツォーネ」はイタリア語で「歌」を意味し、民謡からポップスまで、クラシック歌曲を除く幅広いジャンルの歌を指す。「ナポレターナ」は「ナポリの」という意味の形容詞。

＊24　十二世紀、ベルギーの名家に生を享けた美女。騎士シモンと政略結婚させられそうになっていたのを拒むと自らの鼻を切り落とし、他の求婚者をも退け、同じくベルギーのプレモントレ修道会の修道院に入る。二十五歳で夭逝。なお、四月二十日はこの聖女を称える日（聖名祝日）とされている。

＊25　「フロリダ」のフランス語表記。

◆隠顕インク

＊1 Le bureau des PTT（フランス郵政省事務局）のこと。本作においては、いわゆる郵便局だと考えて差し支えない。Pは「postes（郵便）」、二つのTはそれぞれ「télégraphe（電信）」と「téléphone（電話）」の頭文字。

＊2 「フロリダ」のフランス語表記。

＊3 Cour d'assises。重罪を管轄し、法廷は三名の裁判官と市民から選ばれる六名（第一審時）または九名（控訴審時）の陪審員からなる、非常設の裁判所。

＊4 Maisons-Alfort。フランス、イル＝ド＝フランス地域圏、ヴァル＝ド＝マルヌ県のコミューン。パリ郊外の南東約三キロメートルのところにあり、マルヌ川の南岸に位置する。

＊5 シャルル＝ド＝ゴール広場のこと。一九七〇年に現称となったが、現在でも「エトワール広場」の名で呼ばれることがある。

＊6 フランス陸軍所属の外国籍の志願兵で構成される正規部隊。外国人のフランス同化を推進する役割を担ってきたとされる。

＊7 イタリア半島の、現在のトスカーナ地方にあたる場所に住んでいたエトルリア人が用いていた言語。紀元前八世紀に使われ始め、紀元前二世紀頃には話されなくなった。

＊8 パリの中心部、セーヌ川右岸にある大通りの総称。具体的には、東のバスティーユ広場から西のマドレーヌ教会前の交差点に至る大通り群を指す。元々は城壁の跡地に敷かれた遊歩道で、現在ではパリ有数の商店街となっている。

＊9 アール・デコ様式の建築物で、グラン・ブールヴァールのうちの一本、ポワソニエール大通り（Boulevard Poissonnière）に面して建っている。一九三二年の開館時にはヨーロッパ最大の映画

館であった。
＊10　綴りはBizerte。音節の切れ目はBiの後の一箇所のみなので、音節数は二となる。
＊11　オート＝サヴォワ県に属する、スイス国境付近、アルプス山脈沿いの地方自治体で、スキー・リゾートとなっている。本作品にもたびたび登場する同県の県庁所在地、アヌシー市からは三十二キロメートル東に位置する。
＊12　高級住宅街を擁するパリ十六区にあり、パッシー地区のレイヌアール通り（rue Raynouard）とセーヌ川付近をつないでいる急な坂道。道幅も細く、狭いところでは二メートル程度で、地図に掲載されないことも多い。作家オノレ・ド・バルザックが七年ほど居住していた。
＊13　教派を超えて広範に祝われる、キリスト教の典礼暦の中でもっとも重要な祝日の一つであり、死後三日目に復活したイエス・キリストがその四十日目に天に上げられたこと、すなわち昇天を記念するもの。復活祭の三十九日後に祝われる。
＊14　生前は無名だったが死後に再評価されたルイ・ベルトランの遺作詩集のタイトル。同詩集は、詩人の死の翌年、一八四二年にアンジェとパリで刊行された。西洋文学において散文詩という様式を確立したものとされ、ボードレールやマラルメなどの詩人に大きな影響を与えたといわれる。また、シュルレアリスムの創始者アンドレ・ブルトンは、その幻想性を高く評価している。
＊15　古代ローマ時代に主要都市を結ぶように作られた道路「ローマ街道」のうちの一本。ローマのポポロ広場（注17参照）を出発点とし、アドリア海沿岸に位置するイタリアの都市、リミニに至る。
＊16　現称は「共和国広場」。
＊17　巡礼者がローマを訪れる際の入り口となる場所。古くから交通の要所であり、南に向かって三本の道路が延びている。中央には、ローマ皇帝アウグストゥスが紀元前十年にエジプトから持ち

帰った「フラミニアのオベリスク」が立てられている。なお、「ポポロ popolo」は市民の意。

訳者あとがき——誰かのものでしかなくて、誰のものでもありうる空白

山﨑美穂

フランス文学が好きな方であれば、パトリック・モディアノの、少なくとも名前ぐらいは聞いた記憶があるに違いない。二〇一四年のノーベル文学賞受賞者で、同じくフランス人でその六年前に同賞を受賞しているジャン＝マリ・ギュスターヴ・ル・クレジオとは異なり、その作品でヨーロッパの外の世界が描かれることは、私が知る限りほとんどなく、かつ、ヨーロッパ内でも、同地域の文化の欠くべからざる一翼を担う国とみなされているフランス、さらにいえば、同国を代表する場所として憧れと親しみの対象となっているパリが、物語の特権的な舞台となっている。彼が「フランス文学」の担い手と位置づけられ、彼の作品がフランスをはじめとするヨーロッパのいくつもの国々で、ポップスの曲か何かのように近しいものとして、愛着をもって受け入れられている所以だろう。彼の作品はまた、個人的な響きを持つものでもある。その解説書であると同時に優れた評論でもある『モディアノ中毒』の著者、松崎之貞も指摘するように、彼の小説の多くは一人称「je」で語られている。内容にしても、政治など、私的生活の枠を超える話題は、前面には出てこない。

そうした、一部の人々にとってのみ親密さを感じられるように思われる作品世界は、しかし確

実に普遍へと通じている。モディアノがノーベル賞を受賞したのは、あらゆる人間にとって極めて捉え難いような運命の相貌を描き切った功績、そしてそれを可能にした精妙な記憶の扱い方が評価されたからだ。あるいは忘却と想起で宇宙を織り上げる術というべきか。

この作品集に収められているのは、作家がそうした評価をストックホルムで、つまり世界から得て以来初の作品『眠れる記憶』と、続いて出された小説『隠顕インク』だ。ともに期待を裏切るものではなかった。彼に対して批判的な文学愛好家の何人もが「あの作家はまた同じ本を書いた」と述べた。彼の作品はいずれも始まりと終わりを有するうえ、構造化された作品シリーズの一部分をなしているわけでもないにもかかわらず、互いに連関し、補完し合って一つの世界をなしている。したがって、その作品にはほぼ常に既視感がつきまとうが、逆にいえば、新たに作品を出すたびに、彼は以前の作品すべてに注釈を加え、別の解釈を与え、その内容を更新しているのであって、単なる焼き直しでは決してない。

彼の創作生活とはそうした営為の連続なのであり、それは名だたる賞を取ろうと何も変わらないだろう。そうである以上、「ノーベル賞受賞後」という枠で上記二作品をくくり、今回のようなかたちで出版することにはもしかすると何の意味もないのかもしれない。しかし、両作品を一緒に紹介する意味は確実にある。いずれもモディアノ作品のなかでは少し変わり種でありつつ、変わっている方向性が違うため、並べられると、対照をなし、互いに引き立て合っているようにさえ見えてくる。

『眠れる記憶』は二〇一七年十月に出版され、フランスの日刊紙『リベラシオン』に掲載されている書籍の週間売上部数ランキングで、初登場八位となった。『隠顕インク』はその二年後、二〇一九年の同じく十月に出版されるや、同ランキングで三位の座を占めた。

『隠顕インク』は、文芸欄などでの扱いが多かったのに加え、アマゾン・フランスで星をつけた読者も三七八人（二〇二三年五月二日現在）おり、平均星数は四・一に上った。一方、『眠れる記憶』にアマゾン・フランスで星をつけた読者は二〇〇人（二〇二三年五月二日現在）で、『隠顕インク』に大きく差をつけられている。

とはいえ、この事実から両作品の質に対して優劣の判断を下すのは早計に過ぎる。実際、『眠れる記憶』に付された平均星数は三・九で、『隠顕インク』とさほど変わらない。ではなぜ取り上げられ方に違いが生じたのだろうか。

考えられるのは、『隠顕インク』の方が構成や筋が明確であり、物語世界に入り込みやすいということだ。

モディアノの小説二十九作品のうち、たとえばウィキペディアで「小説 roman」と明記されているのは同書を含む二十四作品。残る五作品にはそれぞれ異なる位置づけがなされており、『眠れる記憶』は、小説のような体裁に整えられた「récits」の集合体とされている。

ここで改めて「roman」を辞書で引くと、登場人物の心情やその身に起こる出来事、引き当てる運命などを伝え、読者に作品世界の現実を生きさせるフィクションと定義されている。一方、

「récit」の項には、口頭で語られたものであれ、書かれたものであれ、事実や想像上の出来事を連ねたものとの記述がある。つまり、「récit」は「roman」とは異なり、読者を没入させる仕掛けがなくても、また、内容が単なる事実の羅列であってもその名で呼ばれる資格があるのだ。『眠れる記憶』では、作者自身の日記とフィクションの間をさまよう文章、それも、実在の人物の名前を多数引き、個人的な出会いや再会をテーマにしているだけにいっそう事実なのではないかと思われる文章が、複数つなぎ合わされている。「つなぎ合わせ」の言葉に違わず、それは確かに取り留めのない印象を与える。全体のクライマックスとなりそうなところも見当たらない。

しかし全く構造化されていないわけではなく、スティーヴ・ライヒの音楽を思わせる、差異を伴う反復の繰り返しが見て取れる。そしてその繰り返しについて目配せするかのように、文中には「永劫回帰」の語が散見し、作品の中ほどでは、主人公の「僕 je」がヒロインの一人、ジュヌヴィエーヴ・ダラムとその子どもとともに訪れた動物園でヒョウが同じ場所を延々と回り続けている光景が描かれている。これを入れ子「構造」というと意味合いがずれてしまうが、作品全体の構造が、よりミクロな次元において言及の対象となったり象徴的に表されたりしているとはいえるだろう。

ところで、この入れ子という概念は、「小説」である『隠顕インク』においては、より構造的かつラディカルなかたちで表れる。同作では、「彼女 elle」が主人公に据えられ、「彼女」の視点から物語が語られる最後のごく一部を除き、やはり「僕 je」が主人公兼語り手となっている。

「僕」は物書きであるが、これもまたモディアノの作品にしばしば見られる設定である。特徴的なのは、それが作中でことさらに強調されている点で、それゆえか、読み進めるほどに、『隠顕インク』本文のうちで「僕」が主人公兼語り手となっている部分が、モディアノの作品であると同時に、「僕」が書きつけている日記や記録か、さもなければ「僕」が物している作品であるかのように思われてくる。そのうえ、「今日、僕はこの本の六十三ページ目に取りかかっていて」という記述が原書の六十三ページ[*1]にあるため、「僕」がモディアノでもあるようにさえ思えてしまう。こうして、『隠顕インク』の中において「僕」はモディアノの身振りをなぞるにとどまらず、モディアノのふりをすることになる。実に分かりやすい入れ子が、わずか一行足らずの言葉によって作品の枠にぴったりと貼り付けられ、見えにくくなる。だが、それは、二重底になっている。

同書の「僕」はノエル・ルフェーヴルという名の女性を二度にわたり探し出そうとするが、物語の終わり近くになって、諦めとも取れる内心の声を吐露する。その場面が終わると同時に「僕」は語り手の座から降り、主人公も、ほぼ確実にノエル・ルフェーヴル本人である「彼女elle」に切り替わる。

この部分は、捜索を断念した「僕」が淡い期待を胸に書き上げた、自らの「作品」の続きなのだろうか。それとも、捜索の断念とともに創作も打ち切った「僕」に代わりモディアノが書き上げた、モディアノのものであると同時に「僕」のものでもあった作品のフィナーレなのだろうか。二つ目の読解の方が自然ではあるし、フランスの週刊誌『テレラマ』二〇一九年九月二十八日号の六十八ページに掲載されている記事でもこちらの解釈がなされてはいるが[*2]、どちらであったとしても、その問いは小説の中程、モディアノと「僕」が交錯する原書六十三ページに差し戻される。

今日、僕はこの本の六十三ページ目に取りかかっていて、インターネットは何の助けにもならないと感じている（…）ブラウザによれば、フランスにノエル・ルフェーヴルは何人かいるらしいけれど、局留めの手紙を受け取っていた彼女と一致する人は誰もいない。まあいい。だって、そうでなければ本に書くべきものがなくなってしまう。画面に出てくる文をコピーすればおしまい。これではちっとも想像力を働かせられない。（本書一四〇ページ）

捜索を断念したところで、主人公兼語り手の「僕」がその続きを創作する可能性は決してなくならないことが、この一節からは分かる。執筆は「僕」にとって、調べがつかない「空白」を埋め合わせる手段でもあるのだ。

小説は、「彼女」が「僕」と思しき人物に真実を告げようと決意するところで終わる。ノエル・ルフェーヴルへ至るかに思われた糸口がことごとく霧消してしまった後、あまりにもあっけなく「彼女」は現れる。あたかも、ブラックホールに吸い込まれたノエルがその先に続く平行宇宙でずっと生きていて、「僕」の訪れによって二つの宇宙が出会ったかのようだ。「彼女」が真実を告げるとき、二つの宇宙は溶け合い、二人は再び一つの世界で生き始めるだろう。『眠れる記憶』が出会いと再会をめぐる小さな物語の変奏の連なりだとすると、『隠顕インク』は、密やかで壮大な、かけがえのない一つの出会いと再会の物語だ。

しかしなぜ、モディアノはこうも思わせぶりなのか。言い逃れができるよう隙間やずれを作っておきつつ主人公兼語り手の背後にいる自らの存在をほのめかす。これは『隠顕インク』に限った話ではない。『眠れる記憶』では、物語も終わりに差し掛かる頃になって、主人公兼語り手の名と生年月日が明示されるのだが、その名はモディアノの出生届上の名と同じ「ジャン」であり、生年月日も、日が五日ずれているのみで、モディアノのそれとほとんど同じである。

ここでそうした態度を、この作家自身に同居する、姿を現したい願望と隠れたい願望の現れだと結論づけるのは安直に過ぎる。そしてそうした板挟み的な心理状態から『変身』とその作者カフカを連想し、モディアノにユダヤ性を見るのは、彼の父親がユダヤ人なのは事実であるにせよ、早計に過ぎる。第一、ユダヤ性を安易に語れるほど私はそれを知っているわけでは全くないし、本作品集『眠れる記憶』の読者の大多数の方々にしても、それは同じだろう。ただ、イスラエル建国まで自らの国を持たなかったユダヤ人が「寄る辺なさ」という言葉と結びつけて語られやすいのは事実だ。そのうえ、モディアノは母親も「フランス人」ではなく、ハンガリー人とベルギー人の血を引く、ベルギーのフラマン語圏出身者であり、彼自身も、自らのルーツを雑多で不鮮明でぐちゃぐちゃだと評している。[*3] そして大都市もまた、さまざまな人々の吹き溜まりだ。彼がフランスのあらゆる場所のなかでもパリを特権視するのは、もしかするとそれが彼と似ているからかもしれない。そこで生きる少なからぬ人々が密かに抱える寄る辺なさは、世界中の大都市――ローマは「人の過去」を「消す力を持[*4]」っている――の根無し草たちが抱えているものでもある。自らの「根」から切り離され、連綿と続く現在を生きつつ、ふと我に返ると、あったかもしれないし無かったかもしれない根源的な記憶の不在を前に、語るべき歴史／物語と、それを語る相手を探し出したくてたまらなくなる。そうした人々が自らを重ね合わせ、自らの詞をつけて歌い上げる歌のための楽譜を、この作家は書いているのかもしれない。

＊1　本訳書では一四〇ページ。

＊2　同記事に以下のような記述がある：Un narrateur qui finalement se tait, dans les pages ultimes, apaisées et lumineuses où se clôt sa quête（捜索が打ち切られるに至り、もうその先のない、穏やかで明るい雰囲気の中で、ついに黙り込む語り手）

＊3　参照した原文は以下の通り：Mes origines sont hétéroclites, troubles, chaotiques. (Marie-Laure DELORME, 《Je suis un enfant du hasard》, *Le Journal du Dimanche*, 29 septembre 2019, pp. 45-46.)

＊4　本訳書一八六ページ。

【著訳者略歴】

パトリック・モディアノ（Patrick Modiano）

1945年フランス生まれ。1968年に『エトワール広場』でデビュー。1972年に『パリ環状通り』でアカデミー・フランセーズ小説大賞、1978年に『暗いブティック通り』でゴンクール賞を受賞。その他の著作に、『ある青春』（1981）、『1941年。パリの尋ね人』（1997）、『失われた時のカフェで』（2007）などがある。2014年、ノーベル文学賞受賞。

山﨑美穂（やまざき・みほ）

慶應義塾大学大学院仏文学修士号、東京外国語大学大学院学術修士号を取得。現職は公立高校のフランス語講師。文化・文学・芸術分野における仏日翻訳や日仏翻訳のほか、社会学関連記事の英日翻訳、公益財団法人での執筆などに携わる。訳書に、エステル＝サラ・ビュル『犬が尻尾で吠える場所』（作品社、2022）がある。

眠れる記憶

2023年6月25日　初版第1刷印刷
2023年6月30日　初版第1刷発行

著　者　パトリック・モディアノ

訳　者　山﨑美穂

発行者　青木誠也
発行所　株式会社作品社
〒102-0072　東京都千代田区飯田橋2-7-4
電　話　03-3262-9753
ファクス　03-3262-9757
振替口座　00160-3-27183
ウェブサイト　https://www.sakuhinsha.com

装　丁　山田和寛＋佐々木英子（nipponia）
本文組版　前田奈々
編集担当　倉畑雄太
印刷・製本　シナノ印刷株式会社

Printed in Japan
ISBN978-4-86182-982-6　C0097

落丁・乱丁本はお取り替えいたします
定価はカヴァーに表示してあります